丝路荣光——中缅油气管道印记

陈湘球 著

石油工业出版社

内容提要

中缅油气管道是中缅两国经贸合作的典范，也是中缅两国重要的能源动脉和基础设施，它的建成和成功运营树立了我国与缅甸乃至东南亚地区油气合作的样板。本书回顾了该项目在复杂的地缘政治博弈过程中产生的历史背景，作为项目的主要参与者，作者通过自己在缅甸 14 年的亲身经历，真实地描绘项目从筹备到投产运行全过程中的纵横捭阖，尤其是缅甸国内军政府和民主运动，以及境外势力扶持的非政府组织对管道建设的干扰、影响的情况下，项目建设过程中的各种扑朔迷离，向读者呈现了中国石油人为祖国的能源事业艰苦奋斗历程。

本书适用于油气管道相关专业技术人员参考使用，也适用于对中缅油气管道建设感兴趣的读者阅读。

图书在版编目（CIP）数据

丝路荣光：中缅油气管道印记/陈湘球著.

北京：石油工业出版社，2025.2. -- ISBN 978-7-5183-6735-1

Ⅰ.I25

中国国家版本馆 CIP 数据核字第 2024GQ7569 号

出版发行：石油工业出版社

（北京安定门外安华里 2 区 1 号　100011）

网　　址：www.petropub.com

编辑部：（010）64210387　　图书营销中心：（010）64523633

经　　销：全国新华书店

印　　刷：北京中石油彩色印刷有限责任公司

2025 年 2 月第 1 版　2025 年 2 月第 1 次印刷

710×1000 毫米　开本：1/16　印张：12.25

字数：130 千字

定价：78.00 元

（如出现印装质量问题，我社图书营销中心负责调换）

版权所有，翻印必究

英雄的史诗

2018年，我国进口石油4.6亿吨，成为世界第一大石油进口国。石油的对外依存度已经超过70%。近年天然气的需求也迅速增加，对外依存度超过40%，天然气的需求每年都以两位数在增长。现在说到能源安全，主要就是油气对外的依存度过高。大庆油田的成功开发，1963年我国实现了石油自给并曾经有少量出口创汇，但1993年起我国又重新成为石油的纯进口国。我国国内的石油产量一直徘徊在年产1.8亿~2.15亿吨。从20世纪90年代起，国家和中国石油等主要石油公司就谋划走出去投资开采油气，并且运筹管道运输通道。2000年之前我国进口石油主要靠从海运到东部沿海港口，少量铁路运输。现在我国已经有了4条陆上油气管道，分别是俄罗斯西伯利亚经漠河进入我国东北地区的中俄原油管道，从哈萨克斯坦经霍尔果斯口岸到新疆维吾尔自治区的中哈原油管道，从印度洋在缅甸皎漂港上岸、穿越缅甸经瑞丽口岸进入云南省的中缅油气管道，以及连接中亚三国和中国，直到香港的中亚天然气管道。3条陆上原油管道运输量占全部石油进口量的比例虽然还不大，但是对于实现能源进口多远化、保障我国能源安全意义重大，它开辟了从邻国进口石油的通道，称之为能源战略通道并不为过。

汶川大地震时，我在国务院四川前线指挥部工作，深切感受到了石油断供的风险。云南省、贵州省、四川省和重庆市当时没有一座炼油厂，10万救援大军和各地的救援队伍，所有施工机具和汽车都只能靠兰成渝管线从兰州炼油厂向四川省和重庆市供油，少量溯江而上。地震后期形成唐家山堰塞湖，随时有决堤的可能，一旦堰塞湖的水冲毁兰成渝管线，全部施工机具和救援飞机都将停摆。所以我给中国石油打电话，要求务必保证兰成渝管道的供应，并由工兵加固管道和桥梁。建设中缅原油管道就有可能在西南地区建设炼油厂，提高西南地区供油的安全性，其意义不言而喻。

关于中俄原油管道、中哈原油管道和中亚天然气管道介绍已经很多，很多人已经熟悉，中缅油气管道虽有报道，但是了解其艰巨性、复杂性及重要性的还是不多。缅甸对于中国有着特殊重要的战略地位，抗日战争时期最后只能靠经缅甸到中国云南省、贵州省和四川省的大后方运送战略物资，动用了20万民工，牺牲了无数人建设了滇缅公路（也称为史迪威公路）。还建设了一条从印度加尔各答到云南省的输油管道，称之为"史迪威管道"，为飞虎队战机和运输汽车等加油。现在其中一段锈迹斑斑的管道陈列在云南腾冲史迪威公路博物馆中。中华人民共和国成立初期，西方国家对中国进行封锁，大部分国家没有与中国建交，我们也有相当一部分物资是通过缅甸进出口的。周恩来总理曾7次访问缅甸。

陈湘球同志作为中缅油气管道负责人之一，从筹备到建成投运，在第一线参加了该管道谈判、建设的全过程。他的这篇著作从国际政治外交和能源安全展开，描述了中缅油气管道与缅甸、印度、韩国、法国错综复杂的外交和利益关系，以及艰难的纵横捭阖过程。讲述了缅甸国内军政府和民主运动，以及美国等境外势力扶持的非政府组织对管道建设的干扰、影响。就连国际老牌的石油公司，最先在缅甸"吃第一个螃蟹"的法国道达尔公司也被非政府组织告上法庭，被诉巨额赔款。讲述了如何通过细致和智慧的工作，化解与当地民众的矛盾纠葛。在缅甸特有的政府军与北部克钦、佤邦、果敢等少数民族武装割据的复杂局面下，保证了管道的建设和安全运行。讲述了管道施工在穿越若开山时遇到的瘴气。在抗战时中国远征军入缅作战穿越野人山时被瘴气困扰，被蚊虫、蚂蟥叮咬，非战斗伤亡惨重，有的人甚至被咬得只剩下骷髅，使我们想象到了在缅甸热带丛林中施工的艰难。除此以外，还有人为纵火的破坏。由于缅甸所处的战略地位，以及复杂的国情，中缅管道的建设比起其他地区的管道建设更具艰辛。我们可以从本书中了解到为了祖国的能源安全，中国石油管道工人付出的牺牲，了解到为了一个海外的油气工程需要克服和解决的种种问题。本书可以成为今后从事国际管道建设的一本有价值的参考书。

  陈湘球同志从美国麻省理工学院毕业后，义无反顾回国投身于管道事业，担任中国石油天然气管道局国际业务部负责人。他在冰天雪地的西伯利亚冻土带工作一年半，完成中俄原油管道的建设。当他听说成立中缅管道筹备组，准备建设中缅管道时，又主动请缨，投身于中缅管道建设。从冰天雪地的西伯利亚转战缅甸的热带雨林，一干又是若干年，甚至在患结肠癌后经治疗又重返工作岗位。

在陈湘球同志这本书里我们看到的是为祖国发展无私奉献的石油人英雄群体。在中缅油气管道工作的石油人中，领头人是石油管道的老兵张加林，他是从中国第一条长输管道"八三"原油管道走出来的资深管道人，30多年的工作生涯中参加了几乎所有长输管道的工作，直到在中缅管道任上退休。有持有中国石油001号管理专家证书的年轻专家李自林；有毕业于解放军外国语学院缅甸语专业，又获得北京大学博士学位的云南大学李晨阳教授；有在德国留学7年的管雪鸥、毕业于英国伦敦大学的管道公司副总裁王强；还有一批中国石油大学、清华大学、北京大学等知名院校的高材生。从中亚天然气管道，到中国石油规划总院、中国石油天然气管道工程有限公司和中国石油总部机关，一批有志于中国石油事业的志士汇集到了一起，在缅甸复杂的政治经济形势下，仅用18个月就建成了中缅油气管道。印度的施工队伍动用外交资源抢着中标，结果在规定的工期内完不成工作量，不得不将布满瘴气的若开山40千米管道施工任务交给中国石油管道局。中国石油工人是特别能吃苦、特别能战斗的、在石油精神培养下成长起来的队伍。这使我想到在中亚天然气管道，中哈、中俄原油管道也有一批这样的群体。

中国的石油人为了保障祖国的石油供应，在内罗毕遇到过枪战，在苏丹经历了战乱，他们付出的不只是汗水和辛劳，还有鲜血和生命。中国有这样一批可爱可敬的石油人，所以我以"英雄的史诗"作为本序的题目。中缅油气管道堪比二战时的滇缅公路，它开辟了从印度洋到中国西南的能源运输通道，习近平总书记任国家副主席时就访问了缅甸，推动该管道的建设，现在中缅油气管道成了习近平总书记倡议的"一带一路"基础设施互连互通的一个先导工程，称为史诗般的工程是恰如其分的。

目 录

第一章　国家先锋　　　　　/001
　一、梦想起航　　　　　　　/006
　二、如渴思饮　　　　　　　/010
　三、逐鹿西海　　　　　　　/015
　四、缅甸东望　　　　　　　/023
　参考文献　　　　　　　　　/032

第二章　硝烟弥漫　　　　　/033
　一、初次交锋　　　　　　　/037
　二、"烽"回"路"转　　　　/047
　三、三驾马车　　　　　　　/054
　四、国家利益　　　　　　　/059

第三章　伯歌季舞　　　　　/065
　一、福由心造　　　　　　　/070
　二、国际风云　　　　　　　/078
　三、勠力同心　　　　　　　/086

第四章　雾开云散　　　　　/090
　一、调剂盐梅　　　　　　　/093
　二、相爱相杀　　　　　　　/098
　三、亡羊补牢　　　　　　　/109
　四、西海柔情　　　　　　　/113

第五章　命运与共　　　　　/124
　一、同舟共济　　　　　　　/126
　二、鏖战伊江　　　　　　　/132
　三、城门鱼殃　　　　　　　/142
　四、心随风动　　　　　　　/145

第六章　通衢大道　　　　　/155
　一、滇缅公路　浴火重生　/155
　二、大洋通道　世界格局　/162
　参考文献　　　　　　　　　/184

后记　　　　　　　　　　　/185

第一章

国家先锋

　　冲决巴山群峰，接纳潇湘云水，浩荡长江在三楚腹地与其最长支流汉水交汇，造就了武汉隔两江而三镇互峙的雄伟。当夜幕降临，站在黄鹤楼上，你一定能够感受到武汉人引以为自豪的"两江四堤八林带，火树银花不夜天"的景象，万家灯火与两江江水交相辉映，奇光异彩的各色船只泛起的阵阵涟漪，让宽阔的水面波光四起，有如满天辰星眨着眼睛，极为瑰丽，长江大桥像一条彩带和着江上的光影，飞渡天堑、流光溢彩……但是，2004年4月12日，这个十分平常的日子，却在武汉人民的心里留下了深刻的记忆。随着夜幕的降临，人们期待的"火树银花不夜天"的夜景并没如期而现。夜晚的城市似乎还没有告别白日的喧嚣，黑夜并没有带来宁静，繁华的江岸区、江汉区和热闹的武昌火车站突然停电，数万居民走出家门，漆黑街面和生活小区满是人群，武汉全城停电，街道上穿梭的车辆和两江中行驶的江船带来的灯流将城市划成了一块一块黑夜……接着是上海电力告急、广州电力告急、天津、沈阳……一场突如其来的能源危机开始出现在中华大地。到了10月份，中国有19个省份拉闸限电。这不是以往季节性、时段性的电力短缺，而是长期的电力不足，甚至中国"西电东送"重要基地之一的广西也发生了罕见的"电荒"。中国东部发达省份的工厂、学校、商场开始自备小型发电机，发电用的柴油消耗量迅速增长，火力发电厂开足马力、小型发电机全天轰鸣，石油价格一路飙升。广东进口成品油和原油的均价分别由1月份的228美元/吨和197美元/吨，飙升到9月的316美元/吨和224美元/吨，分别上涨38.6%和13.7%，创15年来的新高。中国强劲的能源需求迅速拉升国际石油价格。7月底，国际市场原油价格基本在每桶42美元以下徘徊，但是到了8月初至9月下旬，国际油价暴涨，直逼50美元/桶大关，9月27日冲破55美元，创造了21年来最高纪录。全球都在抱怨，是中国的经济唤醒了全球的石油价格。"油荒"开始笼罩中华大地……

事实上中国的"电荒"从2003年初冬就开始了，广西遭遇多年来少见的干旱少雨天气，水电的发电能力只有装机容量的30%。从2003年的冬季到2004年的春季，广西电网每天的电力缺额100万千瓦，每天的电量缺口2000万千瓦·时……中国的中部地区最先感受到"电荒"带来的寒意，从2003年11月份开始，湖南省有14个地区开始"计划用电"，长沙城区的大部分居民和单位被分成四批，严格按照供电3天停电1天的原则实行拉闸限电。街面上的霓虹灯、轮廓灯、射灯、广场商业性广告和景观用电通通被限制，夜晚失去了往日的色彩，因为路灯照明也被减半使用，夜晚失去了往日的光明，天气一天比一天寒冷，空调成了一种奢侈品，潮湿的中部城市和乡村，显得格外的阴冷。每当夜幕降临的时候，习惯了晚上灯火通明的城市居民，纷纷将眼光投向了蜡烛和应急灯，市场上大大小小的商用蜡烛和应急灯断货，昂贵的工艺品蜡烛也成了人们追逐光明的对象……"光明"也成了一种奢侈品。

这似乎是一种历史的必然，强劲的经济增长和对能源的需求使得中国的能源安全成为中国政府的忧虑，也成了世界关注的焦点。从中国打开国门，开始经济改革，国民经济高位增长，年均增长率达到9.79%，经济增长一定是伴随着能源消耗的增长。中国的原油消费年均增加5.77%，而中国国内原油生产增长速度仅为1.67%，被能源的需求远远地抛在了后面。1993年中国成为石油净进口国，从此拉开了原油进口量逐年增大的序幕，1996年进口原油2622万吨，2002年增加到6941万吨，2003年就已经超过了9112万吨。

强劲的进口动力驱动了中国的经济，也唤醒了人们心底对能源短缺的恐慌，中央政府似乎已经预料到这种恐慌的到来。2003年11月27—29日，中国最高规格的经济工作会议——中央经济工作会议在北京召开。在大会的闭幕式上，时任国家主席胡锦涛提到，国内石油进口的一半以上都来自中东、非洲、东南亚地区，进口原油五分之四左右是通过马六甲海峡运输的，而一些大国一直染指并试图控制马六甲海峡的航运通道……胡锦涛要求从新的战略全局高度，制定新的石油能源发展战略，采取积极措施确保国家能源安全。

中国的经济和对能源持续攀升的需求，也引起了西方人的躁动，尤其是引起了美国的重视。美国国防部从2005年开始，在《中国军力报告》中增加了一章内容——分析中国的能源需求，"2003年中国已经成为第二大石油消耗国、第三大石油进口国，中国当前的石油进口量占总消耗量的40%，到2005年这一数字将达到80%，每天的消耗量将达到950万～1500万桶……中国还将把天然气在能源消耗中的比重从3%提高到2010年的8%"。这份《中国军力报告》还详细分析了中国的能源进口来源，"北京正在加强同安哥拉、中亚、印度尼西亚、中东（包括伊朗）、俄罗斯、苏丹和委内瑞拉的关系，寻求长期的（能源）供给……同时为了保证能源（运输通道）的安全，中国正在加强与地缘政治关键的咽喉地带的国家的关系……"。

无论是从中东、还是非洲，亦或是南美洲进口原油，中国似乎都绕避不开马六甲海峡。新加坡位于东南亚的马来半岛最南端，面积不足700平方千米，扼守着沟通两大洋的战略水道——马六甲海峡，是国际海运交通枢纽之一，海峡最窄的地方只有1.5英里，独特的地理位置，让这个小小的国家成为"咽喉之国"和"远东的十字路口"。2004年美国在新加坡的樟宜海军基地正式启动，随着"小鹰"号航空母舰率领众多主力战舰缓缓驶入，这个原本是新加坡海军单独使用的小型军港，成为美国海军在东南亚开辟的第一个航母驻泊基地，成为美国海军第7舰队的"家"，成为美国海军监控南海局势和进出印度洋的"桥头堡"，也立即成为了全球的焦点。樟宜海军基地的建成，大大拓展了美国海军第7舰队的控制范围，从这里出发，美国海军舰队向西可以在24小时内穿过马六甲海峡，进入印度洋、阿拉伯海到达海湾地区；向东可以直接进入南海海域。时任美国驻新加坡大使馆代办赫伯特·舒尔策在樟宜海军基地启动仪式上说："新加坡为美国部队提供了一个安全的地方，可以让我们的舰船补充燃料、补给物资和进行维修，让我们的船员可以休息……如果没有新加坡和本区域其他友邦的帮助，要维持我们在这一地区的存在将会困难得多，我们保证区域稳定，这对保证区域经济增长和繁荣十分重要。"根据美国国会图书馆《全面主宰——新世界秩序中的极端主义民主》（F. William Engdahl）一书中公布的资料，"美国五角大楼从2001年9月11日开始，就一直在以反恐的名义，试图把这一地区军事化，努力在印度尼西亚的安达亚齐获得建设空军基地的权利……"。安达亚齐位于印度尼西亚的最北端，是马六甲海峡北面的入口，战略地位相当重要，尽管五角大楼做出了巨大的努力，但是这一企图并没有得到印度尼西亚政府的响应。樟宜海军基地的建成，让五角大楼的梦想成真，打破了这一地区的平衡。2004年4月，美军太平洋舰队司令法戈宣布，美国军方将制定名为《区域海事安全计划》的反恐新方案。根据这一计划，美国将向马六甲海峡派驻海军陆战队和特种部队，以防止恐怖分子袭击。美国的行动似乎印证了胡锦涛"马六甲困局"的担忧，给平静的马六甲海峡激起了一层涟漪，为五角大楼把这一地区实现军事化迈出了坚实的一步。

一、梦想起航

胡锦涛对"马六甲困局"的担忧，也引起了中国学者的关注，他们开始思考如何破解"马六甲困局"。云南地处中国的西南边陲，与缅甸接壤，也许是因为这样的地缘因素，云南的学者似乎对"马六甲困局"更为敏感。2004年春季开学的季节，当学生和老师们还沉浸在中国春节愉悦中的时候，云南大学李晨阳、翟健文和吴磊三位年轻的教授开始探讨修建中缅管道的严肃话题。他们首先要关注的显然是中缅关系，也正是因为地缘因素的原因，缅甸华人与缅甸政府官员甚至政府高层有着千丝万缕的联系。中缅关系信息来源的渠道很多、信息数量纷呈，置身其中所见所闻犹如头似锦鸡、身似鸳鸯，难辨真伪，三位年轻的教授当然更加相信官方的消息。李晨阳教授1993年毕业于中国人民解放军外国语学院缅甸语专业，后在北京大学攻读博士学位、师从中国"缅甸历史研究"的泰斗——贺圣达老先生，李晨阳娴熟的缅语和雄厚的缅甸问题研究基础让他能够在纷杂如麻的信息海洋中寻找庐山真面目。2003年8月25日缅甸发布官方消息"缅甸内阁进行重大改组"，在那一天缅甸国家和平与发展委员会主席丹瑞大将辞去了总理职务，缅甸国家和平与发展委员会秘书长钦纽出任政府新总理。李晨阳知道从2001年中国国家主席江泽民访问缅甸以来三年多的时间里，两国领导人之间似乎没有更多的交往，具有华人血统的新总理钦纽的走马上任一定会让中缅关系有新的变化。尽管自1997年11月15日缅甸军政府将其名称由"国家恢复法律和秩序委员会"更名为"国家和平与发展委员会"以来进行了14次内阁改组，但是此次内阁改组是在缅甸反对党同缅甸军政府矛盾加剧、缅甸经济状况恶化和美国及欧盟等西方国家强化对缅甸制裁的背景下进行的。云南大学三位教授认为发展缅甸经济一定是新总理需要考虑的头等大事，但是钦纽上台不久推出的实现民族和解"七点路线图"计划让三位教授隐隐约约感觉到缅甸政局的变数，而且钦纽派遣代表出席在曼谷举行的缅甸民族和解国际论坛，似乎在向有关国家解释缅甸国家的主张，三位教授清楚地感觉到缅甸的民主进程已经开始。如同他们预计的那样，2004年7月钦纽开启了他的访华之旅，新任领导人的访问往往是媒体关注的焦点。2004年7月12日，上海《瞭望东方周刊》以"中国开拓缅甸石油通道"为题首次报道了李晨阳、翟健文和吴磊三位教授提出的修建中缅石油管道的建议。《瞭望东方周刊》这本由新华社主办、定位政府决策和企业引航的中央级媒体刊物于2003年11月18日在上海创刊，核心读者是800多位中央部委负责人和10万多名各省市机关团体领导，刊载的文章在外界看来一定是代表政府的观点、至少是政府有意而为的舆论导向，所以《瞭望东方周刊》对云南大学三位教授"修建中缅石油管道的建议"的报道，尤其是在缅甸新任总理访华期间推送出这样的重磅消息，显然会引起巨大反响。新加坡《联合早报》《海峡时报》等多家境外媒体对这一消息进行了转载；中国香港《文汇报》和中国《21世纪经济报道》进行了后续的跟踪报道；

缅甸驻昆明总领馆将这一消息翻译成缅文报回缅甸国内……媒体的大量转发是三位教授意想不到的，他们面临巨大的压力，正如李晨阳后来在《我们和你们——中国和缅甸的故事》一书中回忆的那样，"我一下子感觉到了巨大的压力，暑假一开始，我就立即跑到北京……借此躲避风头"。躲，显然不是办法，媒体总能想办法找到你。中国发行量最大的报刊《参考消息》也开始向云南大学三位教授约稿关于破解"马六甲困局"的文章。2004年8月5日《参考消息》发表了李晨阳、翟健文和吴磊的文章《破解"马六甲困局"之中国方案分析》。文章的刊登引起了政府层面的关注，云南省召开专门的会议讨论中缅石油管道可行性，新华社云南分社建议云南省将中缅石油管道的方案呈报中央……8月15日国务院副总理曾培炎在教授们关于"建议对修建缅甸昆明输油管进行可行性研究"的报告上批示："请发改委对我海上石油运输通道做些调研、论证和比选工作"。

国家发展和改革委迅速采取行动，2004年10月14日，副主任张国宝主持召开专题会议，落实曾培炎的指示，要求中国石油、中国石化和中国海油同时对项目的可行性进行研究。于是被媒体和大多数人认定的"中国印度洋的能源战略通道"被提到议事日程上，云南大学三位教授也因此被推上了中缅油气管道建设的快车道。

国务院副总理曾培炎当时正在积极推进中国的西部大开发战略，按照西部大开发的总体布局大体上分为西陇海兰新线经济带、长江上游经济带和南贵昆经济区，云南省被划在南贵昆经济区，昆明被作为这个经济区的枢纽城市之一。云南省政府很快认识到中缅石油管道在西部大开发中的重要性。单一的支柱产业是云南省面临的困境，烟草工业占全省工业总产值的一半、占全省财政收入的60%，没有其他重大产业项目的支撑就没有其他产业的发展，这条管道有可能会成为南贵昆经济区中的能源连线、成为云南省产业结构调整的引线。云南省政府领导亲自接见云南大学三位教授、召开专题会议、讨论这条管道的意义。云南大学按照省政府的部署拨款20万元人民币，开展"关于修建中缅石油管道并把云南建设成为我国重要石化基地和石油战略储备基地"的研究。教授们的研究成果很快变成了省政府的报告，呈报中央政府。2005年3月6日，云南省政府向国家发展和改革委提出建议，请求尽早对中缅石油管道项目立项、尽早开工建设、尽早明确投资主体——中国石油或者中国石化、尽早开展实质性的工作。

云南，对于被中央政府划地而治的中国石油而言，不是属下的领地，那是中国石化的领地。这里没有炼油厂、没有管道，汽油、柴油甚至航空煤油需要从遥远的东部地区通过火车长途运输过来。巨大的市场是中国石油梦寐已久的疆域，建设中缅石油管道可能成为中国石油进入这片疆域一步最好的棋子。特别是中国石化规划的东起广东茂名，西至云南昆明，全长1691千米，跨越广东、广西、贵州、云南四个省份37个市县，设计年输量1000万吨、投资35亿元人民币的西南成品油管道已经开始施工，更加坚定了中国石油建设中缅石油管道、抢占云南市场的决心。2005年1月7日，一个非常不起眼的人事变动标志着中国石油建设中缅管道的构思在不声不响中开始实施，中国石油管道公司张加林调任中国石油规划总院任党委书记，专门负责中缅原油管道前期研究工作。张加林的团队在《国际石油经济》主编杨朝红的帮助下与云南大学三位教授走到了一起，于是他们开始了缅甸实地考察的旅程。

如果说美军太平洋舰队司令法戈宣称的《区域海事安全计划》给平静的马六甲海峡激起了一层涟漪，那么云南大学三位教授发布《建议对修建缅甸昆明输油管进行可行性研究》报告就是一场印度洋的季风，注定要吹起印度洋地缘政治的炙热。

二、如渴思饮

随着新德里的奠基，这个城市似乎一直处在成长的过程。1991年开始的经济改革，国大党给千千万万的印度人民勾画了一幅又一幅美好的愿景，班加罗尔聚集一波又一波的从广袤乡村过来的、接收来自世界各地外包工作的人群似乎又在向这个辽阔国度里的芸芸众生展现国大党的愿景是那样的现实，仿佛伸手可及，于是更多的人群如潮水般地涌向大大小小的城市、涌向孟买、涌向德里……在高楼林立的大街上，缓缓移动的每一样东西是那样的渺小，成千上万的黄色三轮车和点缀在这些黄色彩带中奢华的轿车以及零零散散的大货车像一条条的溪流在热浪中拖着长长的影子，向世界展示这是一个人口众多、幅员辽阔的国度，这是一个不断向外扩张的城市，此起彼伏的喇叭声和着发动机的轰鸣声似乎在驱使着人们成群蜂拥走向更加宽广、更加纵横交错的林荫大道和拔地而起的各式各样的购物中心，人们已经没有办法停下脚步歇息……

2004年5月22日，又一个灼热的夏天，印度新德里注定要成为全球的焦点，总统府阿育王大厅里人声鼎沸、热情似火。在总统卡拉姆的主持下，身穿传统的白色长衫、头裹蓝色头巾的印度新总理、71岁的印度国大党高级领导人曼莫汉·辛格，这位曾经的财政部部长、这位拉开印度经济改革序幕的领袖人物，带领新政府的68位内阁成员在总统卡拉姆官邸宣誓就职。

不是竞选起家的辛格一家是"害羞的一家"，一直保持谦虚低调的风格，公众曝光率极低，即便辛格被任命为印度总理，也并没有举行任何特别的庆祝活动。辛格的夫人什里马提·古尔莎安·考尔是一名普通的家庭妇女，从辛格被提名的那一刻起，就不得不从家庭走向公众视野，成为媒体关注的人物，媒体的追踪和镁光灯的闪烁总是让她感到十分不习惯。

辛格夫人的遭遇让新上任的石油天然气部部长玛尼·尚卡尔·艾亚尔似乎有一种感同身受的感觉。在他上任的第一天，为了躲避无所不能的记者们，他没有出现在石油天然气部办公大楼的正门，他选择了后门。在迷宫似的走廊中，他甚至迷失了自己，找不到属于自己的办公室。在他进入办公室的那两三个小时的时间里，盘踞在石油行业政府机构的官僚们那不绝于耳的不雅之言和无所事事的行为举止，让他感觉到无限的压力，他一刻也不能忍受这种碌碌无为的局面。他知道曼莫汉·辛格将印度人民带进了经济改革的时代，现在又把他们带进了热情似火的夏日，期待如日中天的美好生活的到来。城市每天都在成长，每天成千上万的农村人口带着空空的行囊来到城市寻找希望和梦想，城市里每天拔地而起的楼房和每个涌入城市的人民都需要消耗能量。艾亚尔清楚地知道，印度国内的石油产量的增长完全赶不上需求的增长，他必须改变石油天然气部衙门里这些官僚们的工作状态，他要敦促这些官僚投身到印度的石油和天然气的事业上来，他要通过媒体把自己的想法告诉这些官僚们，并且把这些官僚们放置在媒体的监督下。于是他把主流媒体的新闻记者叫来一起吃午饭，向他们请教自己应该如何工作。他倾听了每一个人的发言，然后说："我现在知道为什么你们没有人赢得选举，你们回到你们的编辑室，我要去制定策略"。"艾亚尔开始关注市场驱动的油价，当欧佩克兴高采烈的时候，他开始主张提升政府的控制力"，印度财政媒体 *Business Standard* 的记者 Aditi Phadnis 在他 2005 年 1 月 8 日的新闻评述中写道："他决定他的目标不是消费者，而是财政部部长，他要求削减石油税负，宣称他对任何私营的石油公司不感兴趣，他要打造世界级的石油公司……他的梦想是希望将印度国家石油公司从全球 500 强的 139 位提升到 34 位"。艾亚尔不停地向媒体传达一个信息，如果印度维持 7%～8% 的经济年增长率 15 年，印度的石油对外依存度将达到 85%、天然气对外依存度将达到 50%。于是众多的新闻头条开始登载他对石油公司采取的不同寻常的措施，每一个措施都在推动一个切实可行的理念——"能源安全"。他让整个印度感觉到印度的能源供应不是放在保险箱里的美钞，伸手就可以拿来用，于是"能源安全"开始成为社会关注的问题。在人们惊奇的眼光中，他给了石油外交一个新的含义，为了将石油外交和政治外交融合在一起，他向辛格申请，任命印度驻沙特阿拉伯的前大使塔米斯·艾哈迈德（Talmiz Ahmad）为他的副手，同时还把退休的石油、外交、政治和经济专家组织起来，成立专门的专家组。他的第一步是到维也纳参加欧佩克会议，他开始闪电式的外交，帮助印度国有石油公司进入国际平台……经过近半年的舆论宣传和机构调整，艾亚尔将自己庞大的计划递交国家议会，2004年12月2日在议会下院的发言中指出，截至2004年4月1日，印度的石油储量为16.6亿吨，而印度目前每年消费1.2亿吨石油。他警告说，如果印度不能继续发现新的油田，那么目前的石油储藏量只能用到2016年。印度国家石油公司必须寻找新的海外资源。

艾亚尔的能源外交开始频频出招，触角伸向世界各大洲石油和天然气生产国。一招一式，展示出印度这个发展中的巨人已经开始在全球布置石油战略的棋局。2004年12月3日俄罗斯总统普京访问印度，双方达成协议，印度将在俄罗斯的两个油田投资30亿美元，其中15亿美元投到萨哈林三号油田，另外15亿美元投到俄罗斯和哈萨克斯坦在里海合资的一个叫作"库尔曼加兹"的油田，预计储量达10亿吨，印度进入欧亚大陆；2005年1月下旬，北非石油大国利比亚突然宣布，允许印度两大国营石油公司在利比亚苏尔特盆地7000多平方千米的土地上进行石油勘探，一旦找油成功，印度公司可以拥有该油田18.4%的开采权，印度进入非洲大陆；2005年1月18日印度和厄瓜多尔发表联合声明，印度国有石油公司和厄瓜多尔石油公司将就两国石油项目进行合作，印度石油天然气公司已出价收购加拿大能源公司位于厄瓜多尔的石油资产，印度进入美洲大陆……但是无论是欧亚大陆、还是非洲或者美洲，印度涉足的项目全都是风险勘探，在看不见的地下寻找新的油气发现，需要运气、更需要时间。在艾亚尔眼里，印度就像一辆高速行进中的汽车，他主政的石油天然气部，就是踩在油门上的那只脚，脚的力度决定了经济的发展速度。

　　印度的天然气一直都能自给自足，但是从 2004 年开始，国内的生产已经不能满足市场的需要，天然气的缺口似乎比石油来得更快。也许上届政府已经预料到了这种局面，他们策划了一条从伊朗经巴基斯坦到印度德里的天然气管道。这条全长 2775 千米的管道项目在艾亚尔执掌印度石油天然气部之前，三个国家已经进行了九轮磋商，伊朗愿意承担这个耗资 74 亿美元工程项目 60% 的费用，但是 2005 年 3 月，美国国务卿赖斯在访问印度时明确表示美国反对修建这条管道。赖斯说："我们对伊朗的政策是非常清楚的，这是众所周知的，我们已经向印度政府表达了我们的观点，希望印度不要参与天然气管道修建计划。"尽管后来辛格总理公开宣称"这是印度与伊朗两国之间的问题，印度不是其他国家的代理人"，但是，印度的行动并非如同辛格总理言辞那么强硬。印度于 2005 年 9 月在国际原子能机构中投票反对伊朗的核计划和 2006 年 2 月投票赞成将伊朗核问题提交给联合国安理会的行为让这个巨大管道项目胎死腹中。

正当艾亚尔的石油外交在天然气进口路径和渠道上进退两难的时候，石油天然气部旗下的印度燃气公司——印度最大的国有燃气公司，向艾亚尔报告："缅甸的A-1区块（税气田）天然气的地质储量32万亿立方英尺，可采储量22万亿立方英尺，如果每天生产20亿立方英尺的天然气，至少可以持续生产20年。"这一份报告让艾亚尔喜出望外，2004年印度与东盟刚刚签订《和平、进步与共同繁荣伙伴关系协定》，意在将"东望战略"向纵深推进，如果将缅甸的天然气引入印度，无疑将会给"东望战略"带来一个崭新的发展前景……

三、逐鹿西海

2004年1月，韩国大宇国际株式会社（以下简称大宇集团）在缅甸仰光发布消息说，在缅甸西海岸若开邦的近海海域发现了一个特大型气田，据初步估计，气田可采储量高达12万亿立方英尺（相当于3400亿立方米），而缅甸现有的两个海上气田——耶德纳和耶德贡可采储量的总和也只有5万亿立方英尺。

杨素勇是大宇国际在缅甸税气田的总地质师，后来成为这个项目的总经理。这位毕业于美国科罗拉多大学的地质学博士，曾经就职于韩国国家石油公司，但是官僚体制下的韩国国家石油公司并没有给他提供一个合适的平台让他施展才华。而从1993年迅速扩张的大宇集团开始大张旗鼓地涉足石油天然气的勘探开发业务、求贤若渴，对于怀才不遇的杨素勇博士无疑是一个诱惑。在全新创新体制的感召下，这位年轻的博士投身于大宇集团，并于1997年开始了他第一次缅甸之行。在这个金色的佛教国度里，他感觉到了一种从未有过的热情，这种热情点燃他的希望。在缅甸国家石油公司的办公室，他拿到了美国人、日本人和法国人曾经勘探过的若开邦近海海域所有区块的资料，这些区块给他留下印象最深的就是A-1区块，后来被他命名为税气田。A-1区块给了他一种直觉，这是一个天然气圈闭理想的地质构造，一定有大量的天然气存在。但是，缅甸国家石油公司的总经理吴敏田拒绝他对这个区块的要求，明确地告诉他外国人做过勘探的区块，缅甸国家石油公司要留给自己。他带着一种无奈离开了缅甸国家石油公司的办公大楼……也许是他的执着感动了缅甸能源部的官员，在经过一段时间的等待后，缅甸国家石油公司给了他若开邦近海海域7个区块的资料，让他从中挑选自己感兴趣的区块。非常巧合的是他看中的A-1区块正在其中。他没有犹豫、没有迟疑选择了A-1区块。2000年8月4日，他取得了这个区块3885平方千米的勘探权，与缅甸国家石油公司签署了气田开发的《分成协议》。当他完成二维地质勘探之后，他对这个区域的前景更加充满了信心，但是在这之前亚洲金融危机使得扩张迅速的大宇集团的债务危机已经开始蔓延，杨素勇心里十分清楚，大宇集团这艘被誉为"不沉的航空母舰"已经沉没，7亿美元的勘探开发费他不知道该跟谁要，这笔巨大的资金是压在他身上最为沉重的压力。大宇国际于2000年12月从破产的大宇集团剥离出来，像一个刚刚起步的新公司，没有资金、人心涣散，管理层似乎对缅甸天然气项目的开发无暇顾及。如此巨大的财务困境是杨素勇做梦也没有想到的，但是这位精明的地质学家没有放弃他的梦想，他说服了大宇国际能源处处长，逐步提起了大宇国际对这个项目的兴趣。在自筹 2 亿美元的资金后，大宇国际取得了韩国政府对这个项目的贷款，但是，刚刚起步的大宇国际不会也不愿意独自承担风险，他们开始寻找合作伙伴。杨素勇拿着刚刚与缅甸国家石油公司签署气田开发的《分成协议》邀请韩国各能源投资公司召开见面会，寻找合作伙伴，结果无人应答；他们向美国、法国和马来西亚等国家的国际能源公司发出邀请，召开第二次见面会，仍然无功而返……杨素勇不得不将目光转向一直对孟加拉湾充满兴趣的印度公司，他带着《分成协议》和一大堆图纸奔赴新德里，他知道印度石油公司一定对资源感兴趣，他承诺一旦发现天然气，印度石油公司有权优先购买，他也知道印度燃气公司拥有印度大部分天然气管道，他承诺一旦税气田发现天然气，天然气的运输管道由印度燃气公司负责修建……理想的地质构造、诱人的项目利润，杨素勇的努力没有白费，2002 年 1 月印度燃气公司认购了 10% 的股权、印度石油公司认购了 20% 的股权。也许是受到两家印度公司的影响，韩国燃气公司也认购了 10% 的股权。

  2004 年 1 月 24 日，这是一个平静的早晨，海上平台上，伸向天空的燃烧臂喷嘴发出巨大的声音，这是天然气冲出喷嘴发出的轰鸣声，声音越来越大。对杨素勇来说，这是捷报的声音。从井口喷出的天然气火焰直指云霄，他钻到了天然气，证实了他四年前的想象，这的确是一个巨大的结构、理想的圈闭，他成功了。正如他后来对《韩国先驱报》的记者说的那样，"这是我们过去不懈努力的标志，也是我们未来的希望"。兴奋与激动之余，杨素勇埋藏在心底的国家责任感随着从井口喷出的天然气火焰像一股暖流涌上心头，他在想是否要把这些天然气运回韩国。与站在平台上欢呼的所有韩国人相比，这位能源博士更加清楚他的祖国对能源的需求不比印度少，韩国的油气资源比印度还要贫乏，天然气基本靠进口，而且都是液化天然气，天然气的进口量递增速度非常快，已经从1995年进口645万吨攀升到了2003年的1958万吨……后来他在他的自传《缅甸海上挑战与成就——税气田项目开发》中详细叙述了他把税气田的天然气液化后运回韩国的想法和实施方案，在大宇联合体的文件中也清楚地显示这是其中的一个方案。但是，似乎韩国人民还没有从"仰光爆炸事件"的伤害中恢复过来，韩国政府还没有做好接受来自缅甸天然气的准备。对于韩国人来说，"仰光爆炸事件"是一场噩梦。1983年10月，为争取在汉城举办奥运会，韩国总统全斗焕出访缅甸拉票。朝鲜为阻止韩国申奥，对全斗焕实施暗杀。在全斗焕前往缅甸国父昂山墓地祭奠的时候，朝鲜特工把韩国驻缅甸大使的车误认为是全斗焕乘坐的车辆，启动了炸弹，包括副总理、部长在内的16名韩国人和4名缅甸人被炸身亡，47人受伤，全斗焕因为交通阻塞，迟到两分钟而幸免于难……"仰光爆炸事件"对于韩国人民是一种伤害，对缅甸人民也是一种伤害，这两个政府因此变得十分疏远，无论是政治还是经济。从1984年到1990年两国的贸易额一直徘徊在20万美元，1990年到1995年虽然有所上升，也都在1000万美元以下，一直到1999年大宇国际进军缅甸能源行业，贸易总额才开始突破一亿美元。两国人民心里的阴霾似乎依然是挥之不去，特别是1988年以昂山素季为旗帜和学生为主体的"民主运动"与政府冲突造成数千人死亡的事件发生以后，以美国为首的西方世界开始制裁缅甸，韩国政府与缅甸政府的关系更加疏远。

两国关系的不远不近、不冷不热，杨素勇是十分清楚的，但是他还是想试一试把脚下海域里的天然气运回韩国。回到仰光后，他立即开展了把天然气液化后运回韩国的方案研究，建设一座350万吨天然气液化终端在技术上是可行的、商业上也是可以盈利的。天然气液化装置美国可以生产，德国也可以生产，当时美国正在制裁缅甸，可以使用德国设备绕过制裁。

但是，印度政府完全不同于韩国政府。从20世纪90年代初开始，印度对中国在缅甸的影响力不断扩大和中国在孟加拉湾的出现极其敏感，在看到中国帮助缅甸升级科科岛的雷达设备和在实兑港建立海军基地以后，印度放弃了"民主国家不与军人独裁政权打交道"的既定政策，对缅甸表现得特别宽容和慷慨大方。特别是随着印度IT产业和知识经济的发展，印度北部边境城市巴特那的经济发展迅猛，对能源的需求极为强烈，所以印度有兴趣修建一条从巴特那到缅甸实皆、经缅甸公路网连接亚洲其他国家的公路以加强两国的边境贸易，以及从加尔各答到缅甸的天然气管道以满足印度东部城市的能源需求[1]。

2004年10月24日，缅甸国家和平与发展委员会主席丹瑞率高级代表团对印度进行为期6天的国事访问是缅甸与印度关系正常化的标志，这是时隔24年来缅甸最高权力机构领导人首次访问印度。第二天双方签署了《非常规安全事务合作谅解备忘录》，双方表示将共同打击"基地"组织设在缅甸境内的反政府武装越境活动，提高两国1400多千米边境线的安全警戒……边境稳定的安全环境似乎在为即将策划的缅甸至印度的天然气管道做准备。

就在丹瑞的印度之行后不久，2004年11月19日的英国《每日电讯报》(The Telegraph)驻新德里的记者援引印度燃气公司董事会主席普拉桑塔·班纳吉(Proshanto Banerjee)的话报道说："缅甸政府已经正式致函印度燃气，授予税气田优先购买天然气的权利……这些天然气将被输送到能源需求旺盛的东部地区，来自缅甸的天然气总量将达到国内产量的30%……天然气运回印度的方案有很多，包括陆上管道、海上管道，还有可能液化后用船运回印度，哪个方案最终被采纳，取决于孟加拉国政府的态度，当然我们已经委托专门的咨询机构对所有这些方案进行了经济比选，最便宜的还是过境孟加拉国的陆上管道方案。"在印度燃气公司2004年的年报里可以看到，英国《每日电讯报》中提到的"专门的咨询机构的方案比选"实际是印度燃气公司已经委托比利时的一家咨询公司完成了从缅甸过境孟加拉国到印度陆上管线的可行性研究报告，印度燃气公司似乎在通过英国《每日电讯报》向世界报告，缅甸的天然气进入印度已经是指日可待。

政府层面的进展相当快，2005年1月12日，应缅甸能源部部长伦迪准将的邀请,印度石油天然气部部长艾亚尔和孟加拉国能源与矿产资源部部长侯赛因抵达仰光,参加部长级专题会议,讨论修建从缅甸过境孟加拉国到印度的天然气管道。这是三个国家政府间部长级的会议,大宇国际作为缅甸政府的技术支持列席了会议,印度燃气公司代表印度政府在会上详细汇报了管道方案,税气田的天然气将从实兑上岸,经过缅甸的若开邦、钦邦后,穿过进入印度的米佐拉姆邦和特里普拉邦,再过境孟加拉国,最后到达加尔各答市。但是两天的会议重点似乎偏离了讨论过境管道的主题,各方的焦点集中在两个问题上——天然气的开采计划和天然气的价格。这是三国政府的谈判会,私人企业是不能发言的,但是,杨素勇很生气,他认为天然气的开采计划和天然气的价格不是三国政府决定的事情,必须要与发现和开采天然气的公司协商。虽然孟加拉国代表团拒绝了他的发言要求,他还是坚持在会上表明自己的观点。他说:"我们已经花了很多钱,我们还将投入很多的资金,如果天然气的价格让我们的投资得不到回报,我们是不能也不会开采这个气田的,如果价格合适,我们希望缅甸政府和印度政府能够尽早批复我们的开采计划,因为我们的银行贷款每天都在产生利息,我们希望气田能够在 2010 年投产……"两天的唇枪舌战,三位部长尽管没有就天然气的开采计划和天然气的价格达成协议,但是,对于过境孟加拉国的天然气管道还是基本达成了一致意见。他们共同发表联合声明,缅甸政府已经同意通过过境孟加拉国的天然气管道向印度出售(税气田的)天然气……

部长会议明确释放了一个信号——项目需要尽快推进，缅甸政府需要尽快出售天然气以取得收入、大宇国际联合体需要尽快出售天然气归还银行贷款，杨素勇在会上陈述的2010年气田开发似乎成为了缅甸政府的"终极目标"。部长会议后，印度和孟加拉国开始谈判，技术层面推进得很快。2005年3月26日的《孟加拉独立新闻》报道，尽管政府还没有最后决定采取进一步行动推进项目，但是一家被称为"Mohoa"的建设公司总经理透露，"每天将有4000万立方米的天然气通过这条跨境管道输往印度，这条跨境管道将由国际联合体来出资修建，管道全长897千米，其中289千米是在孟加拉国境内，管道建设成本大约在10亿美元，加上管道垫底用的天然气，管道总的成本大约在13亿美元，孟加拉国境内的投资大约在6亿美元左右，孟加拉国每年将获得1亿美元的过境费和2400万美元的管输费……"。无论是印度政府，还是印度燃气公司，他们认为他们给孟加拉国开出了相当优厚的条件，每年的过境费加上管道运输费共1.24亿美元，持续25年，但是，孟加拉国似乎并不满意。他们要求免除孟加拉国边贸物质进入印度的关税，建立包括尼泊尔和不丹在内的自由贸易走廊，允许孟加拉国从尼泊尔和不丹进口水电以保存其现有的天然气资源。商务问题和政务问题的谈判不像技术问题那么简单和顺利，将近一年的谈判，没有取得实质性的进展。但是2010年的"终极目标"就像一座灯塔树立在缅甸政府和大宇国际的面前，缅甸政府和大宇国际就像一艘黑夜里航行的轮船，他们不能容许他们的船停在那里随风漂流，他们需要开足马力，加速前行。

四、缅甸东望

2005年1月12日仰光部长会议让缅甸能源部部长伦迪准将充分认识到项目工期和天然气销售的价格已经成为大宇国际和各股东关注的关键目标，也是缅甸政府关注的关键目标。内比都——新建成的首都带来的财政亏空需要立即得到补充，新首都的搬迁和将来维持日常运作都需要大量的资金，这些新增的开销都是以前历年预算中没有的。如果税气田的天然气能够尽早地变成现金，显然可以让政府摆脱新首都带来的财务困境。

三个方案摆在伦迪部长办公桌的案头上：一个是大宇国际将天然气液化运往韩国，一个是向南敷设1000多千米的海底管道连接缅甸到泰国的已有管道向泰国输气，还有一个是建1000多千米的陆上管道把天然气送往印度。

尽管美国对缅甸政府的制裁，让韩国政府的态度不冷不热，对于是否愿意接受缅甸的液化天然气，韩国政府的态度并不明朗，但是天然气一旦变成液化天然气，它的目标市场就不仅仅是韩国，任何有进口天然气需求的国家，只要有液化天然气接收终端的，就可以购买。然而液化无疑增加了一块成本，让天然气的价格更高。考虑税气田的现有规模，液化后的天然气能否有竞争力不仅仅是大宇国际需要考虑的问题，也是伦迪部长需要考虑的问题。

泰国政府的态度很积极，但是所有的天然气都销往泰国，市场过于单一，1000多千米的海底管道将是极其昂贵的巨大投资，无疑会大大增加输气成本，提高天然气的价格，税气田的天然气价格依然不具备竞争力。

"陆上管道把天然气送往印度"这一方案似乎成了伦迪案头上唯一可行的方案，印度人也看准了缅甸天然气只有一个出路——输往印度，所以无论是与孟加拉国政府谈判过境、还是与缅甸政府谈判天然气价格，总是充满自信，坚守自己设定的目标，按着自己的节奏不紧不慢地往前走。

印度与孟加拉国的谈判久谈不决让伦迪部长看不到希望，但是，2005年4月，中国国家能源局副局长张玉清到访缅甸探讨建设从缅甸实兑到中国昆明的原油管道似乎给伦迪带来了曙光。实兑，这个规划中通往印度天然气管道的起点，让伦迪有一种新的感觉，这个原油管道的起点也可以成为天然气管道的起点，天然气销往中国也许是一个不错的选择。2005年7月4日，伦迪访问中国，与中国国家能源局局长张国宝一起签署了《中缅关于加强能源领域合作的框架协议》。这个框架协议主要是讨论中国公司在缅甸的石油勘探和中国到缅甸原油管道的前期研究，似乎没有人把它与大宇国际的税气田联系起来，但是，这个框架协议建立了政府层面的定期交流机制，开启了伦迪与张国宝之间建立友谊的历程。2005年9月28日，伦迪向张国宝建议，"中国在考虑原油管道的同时最好能一并考虑开展天然气管道问题"，从此缅甸天然气进入了张国宝的视野。对于刚刚随同中国副总理吴仪从土库曼斯坦访问归来的张国宝来说，伦迪的建议显然是一个好消息。中国强劲的能源需求是落在张国宝肩上最为沉重的担子，中国政府正在策划从土库曼斯坦进口天然气，多元化的进口渠道是所有能源进口国家保证能源安全所追寻的终极目标。在伦迪和张国宝的推动下，缅甸向中国出售天然气迅速进入快车道，两个月后的11月7日，中国石油与缅甸能源部签署了《关于共同开发缅甸境内天然气项目的合作备忘录》。在这份备忘录中，尽管没有提到"税气田"、没有提到"大宇国际"，但是备忘录中明确指出中国在满足一定条件下有购买缅甸海上天然气的优先权。

这份备忘录的签署，让缅甸政府为税气田找到了第二个可能的终端用户。伦迪知道两个可能终端用户肯定会打破单一用户不紧不慢的节奏，他首先要做的事情就是去了解建设通往中国的天然气管道到底需要多少时间。大宇国际已经告诉他建设液化天然气终端大概需要三年，当然他希望管道建设的时间一定不能比液化天然气终端还长。

中缅双方的行动似乎动摇了印度人对税气田天然气非我莫属的地位。也许是一种巧合，2006年3月8日，在石油天然气部部长艾亚尔的陪同下，印度总统阿卜杜拉·卡拉姆访问缅甸。尽管名义上是对丹瑞印度之行的回访，实际上总统此行的主要目的是税气田的天然气。根据印度新德里的国防研究与分析研究所的报告，在访问缅甸之前，印度总统在新德里刚刚会见了美国总统布什，会见中尽管布什对缅甸的人权进行了强力的抨击，但是，两国的联合声明中并没有提到任何关于缅甸军政府侵犯人权的事情，显然是为总统的缅甸之行营造了一个和谐的外交氛围。这份报告还说："似乎印度急需从缅甸若开邦海上区块进口天然气……因为孟加拉国政府在很多事情上没有配合印度政府,印度政府不得不改弦易辙提出了新的管道敷设方案,从缅甸北部绕过孟加拉国直接进入印度境内,显然这方案比原来的方案线路更长、需要更大的投资……随着经济的迅速增长,印度对进口能源的依赖在迅速增长,政府认真考虑引进缅甸的天然气资源是值得的,即便是花更多的钱建设这条管道也是值得的……"

似乎这是一场中国和印度天然气争夺的较量。在中国石油与缅甸能源部签署了《关于共同开发缅甸境内天然气项目的合作备忘录》后,中国政府加快了对税气田资源谈判的节奏。根据张国宝在他的《筚路蓝缕》一书中的回忆,2006年6月19日,国家发展和改革委向国务院请示,要求开展中缅油气管道的工作,张国宝说:"实施中缅原油、天然气管道,尽管存在各种困难因素,但从长远看,具有战略意义……建议由中国石油承担此项工作。"

美国时间2007年1月12日下午,在美国纽约联合国安理会对美国、英国提出的缅甸问题决议草案进行表决,美国和英国试图推动联合国安理会通过决议制裁缅甸。作为安理会常任理事国,中国和俄罗斯投了反对票,决议草案没有通过。中国和俄罗斯的举动在缅甸当地引起了极大的反响,当地时间1月13日晚8时,在缅甸新闻黄金时段,主流媒体的电视台突然插播了这条消息,详细报道了美国和英国提出的草案被否决的过程,新闻还特别感谢中国政府对缅甸的支持。中国的这次行动成了确定天然气销往中国的催化剂。根据伦迪秘书吴韩通的回忆，这次外交事件坚定了缅甸政府把税气田的天然气销往中国的信心，但是，缅甸政府并不知道中国公司能够在多长时间内完成管道的建设，让税气田巨大的天然气资源变成现金流。因为新首都的建设、搬迁和运行所发生的费用增加了政府层面的开销，缅甸政府特别需要现金补充这块巨大的资金缺口。

中国石油管道局工程有限公司（以下简称管道局），这个有着近三万名员工，创造了近10万千米管道建设业绩，足迹遍及中东、非洲、中亚、东南亚、大洋洲、南美洲等6大地区共46个国家，跻身于世界顶级工程承包商队伍的管道建设专业化公司，是中国石油、也是中国管道建设的王牌军，其每年初的工作计划是中国管道建设的晴雨表。2007年2月11日，管道局的工作年会在河北省廊坊市召开。这是管道局最为隆重的一年一度的大会，管道局的管理层和下属公司的负责人通常都会出现在这个会议上，有五六百人的规模。在这样的年会上，管道局通常会根据全球的管道建设市场，安排国内和国际全年的工作计划。我是国际业务的负责人，会议开幕没有多长时间，我就接到了通知，让我做好去缅甸的准备。我很意外，因为在全年的工作计划中根本没有安排缅甸的业务。走出会场，回到办公室，我见到了从北京过来的中国石油规划总院海外管道所副所长刘俊峰和他的助手邱中民。这是我第一次接触到中国石油专门负责中缅原油管道前期研究工作的张加林先生的团队。他们此行的目的并不是原油管道，他们告诉我，我们需要马上跑一趟缅甸，向缅甸能源部解释中国石油能不能在18个月内完成天然气管道的设计施工。听刘俊峰的口气，似乎我们必须在18个月之内完成这条天然气管道的建设。缅甸，这是个对我而言十分陌生而又遥远的国度，在我的眼里只是一个军政府统治的国家，是一个封闭的国家，与外界似乎没有太多的交往。我除了知道这个国家信奉佛教和天气炎热，其他我一无所知，不知道那里的地质情况，不知道那里的气象情况，更不知道那里的社会依托情况，所以，接到这个任务我十分茫然。我们只有不到一天的时间，来编制这个工期计划，而且在这一天的时间内，我还需要办理赴缅签证，但是，我知道缅甸与云南接壤，我们可以按照云南的各种条件来规划我们的工期。很快我组织了一个团队，按照18个月的工期要求，编制我们的工程建设计划。从那一天开始，似乎注定了我和中缅管道的不解之缘。经过一个晚上的鏖战，我们完成了这份工期计划。2月12日我怀着忐忑的心情，带着这份自己并不满意的工期计划，随同中国石油一个由9人组成的高级代表团启程赴缅。这是一个重量级的代表团，代表团中既有中国石油的管理层成员，还有负责中国石油油气贸易的"中联油"总经理王立华，还有负责中缅原油管道规划的负责人张加林。庞大的阵容、紧张的行程，这不是一次普通的商务旅程。因为行程紧急，我们没有买上直飞仰光的机票，而是绕道曼谷，在曼谷机场附近的酒店稍作停留，第二天一早便飞往仰光。从仰光到内比都还有200英里的路程，因为新首都还没有机场，我们不得不驱车前往。

内比都远远超出我对一个国家首都的印象：宽阔的马路是

最为壮观的景象，单向四车道总是空荡荡的，路上看不到多少车辆，时不时还会有牛羊穿过；城市里几乎没有楼房，稀稀落落的高档别墅，透出了一丝首都的低调奢华，宽阔的马路被两边田园衬托得格外宁静，似乎听得见这里静淌的时光；夕阳下的云彩甚至没有多余的色彩，像是一幅清淡的水墨画，把笔直的大马路融入了远处的山影，让人完全感觉不到城市的节奏。

第二天的会议并不像内比都那么宁静和安详。缅甸能源部的办公楼和所有的部委大楼一样，被隐藏在一个小丘陵的山头后边，是一座二层楼的结构，正对着大门的是楼梯，从楼梯上去便是会议室。当身着绿色军装、头戴"卡斯特罗"式战斗帽的伦迪部长健步进入会议室的时候，坐在对面的能源部的官员齐刷刷地起立，我们本能地站起了，直到伦迪在最里面的主席位落座后，所有的人才坐下。这种景象和悠闲的内比都的田园风光形成了鲜明的对照，军人的政府依然保持着军人的作风。没有太多的客套话，伦迪直奔主题，要求我们汇报如何在18个月内完成到云南的天然气管道施工。这位炮火中成长起来的将军似乎只对工期感兴趣，从一开始他就提醒我们缅甸每年都有将近五个月的雨季，希望我们详细说明在18个月中如何利用这五个月的雨季。在这版工期计划中，我们的确考虑了雨季的因素，设备动迁和设备清关都放在了雨季，但是中国石油此行的意图重在讨论天然气的价格和已经探明的天然气储量，而每当我们试图把话题切换到我们感兴趣的问题上的时候，伦迪总是能绕回到管道建设的工期上……

中国石油承诺的18个月的工期是印度政府和企业无论如

何也达不到的目标，正如伦迪的秘书吴韩通说的那样，"中国速度"在缅甸人的心目中是一个砝码，他能让天平向中国方面倾斜。尽管在这场天然气资源争夺的过程中，并没有看到中国国家领导的身影，但是，中国政府的态度和行动，在缅甸政府的眼中却比印度更加值得信赖。2007年4月14日，在缅甸彬乌伦，缅甸能源部和中国石油最终签署了《在缅甸境内联合建设天然气管道合作意向书》，缅甸能源部同意将税气田的天然气销售给中国石油，天然气管道建设工期为18～20个月。

随后缅甸能源部召见大宇国际，明确告知缅甸政府已决定通过管道将税气田的天然气销售给中国，并透露中国石油还有意建设一条与天然气管道并行的原油管道，把从中东进口的原油从缅甸的马德岛上岸输送到中国境内，两条管道同时敷设会更经济，要求大宇国际做好天然气价格和管道运输费用的谈判准备。

当中缅天然气管道项目在紧锣密鼓地推进的时候，中缅原油管道迅速进入公众的视野。2007年12月2日，中国石油与云南省政府在北京签署框架协议，确定共同推进云南炼化基地项目建设，中国石油宣布启动在云南建设1000万吨/年炼油项目的前期研究，然后呈报中央政府核准。在2008年1月18日开幕的云南省第十一届人民代表大会第一次会议上，云南省政府负责人在政府工作报告中表示，与中国石油天然气集团公司的战略合作进入了实施阶段。

2008年5月12日发生的四川汶川地震也许是一剂催化剂，让政府重新考虑在西南地区石油炼化基地的布局。四川汶川地震是一场巨大的灾难，正如德国之声记者2018年5月12日在其网站上发表的《汶川地震十年，听听北川人怎么说》中描述的那样，"整座小城（北川）就像经历了一场战争，主街部分路面向上翘起一米。没有一栋房子完好无损，不是歪斜、受损就是坍塌，不到2分钟内的地震夺去了7万人的生命，甚至或许多达10万人……"。地震后，"一个新的危险正在形成。地震引起山体滑坡，阻塞了上游河道，形成了一个个大小堰塞湖。随着堰塞湖水位的提高，随时都有决口的危险，一旦决口，大量的水倾泻下来，造成的灾难将是巨大的……其中较大的一个堰塞湖——唐家山堰塞湖在北川县的上游。唐家山堰塞湖如果决口，冲下来的水将直接冲毁绵阳市，因此绵阳市已经做好了最坏的准备，撤离了群众。解放军也派工兵部队加固洪水可能经过的桥梁和管道"。这是陪同中国国务院副总理回良玉在唐家山堰塞湖抢险现场的张国宝在他的《汶川大地震10年祭——国务院四川前线抗震救灾指挥部工作实录》记录下来的当时的情形，他说："最要命的是，当时西南五省没有一个炼油厂，四川省所需要的汽柴油全部要靠兰成渝管线运输，兰州炼油厂通过管道运输到四川，还有少量油品逆长江而上由水运到四川。所以，一旦兰成渝管线遭到冲毁，四川省全部救灾用的汽车、工程机械，包括部队用油将全部中断。"

"西南五省没有一个炼油厂"，这是汶川地震的抗震救灾给张国宝留下的最初印象，西南地区需要炼厂，中国需要提高西南地区石油供应的安全保障。

参 考 文 献

[1]林锡星.揭开缅甸神秘的面纱[M].广州:广东人民出版社,2006.

第二章

硝烟弥漫

　　我的视线流连在远处的森林里那条起伏宽阔的道路上，道路底下埋着东西伯利亚—太平洋的石油管道。为了这条管道，在这片冰冷、荒凉、无边无际的土地上，我和我的两千多兄弟走过了一年半的历程。我们经历了太多的磨难，走过了太多的坎坷。每当我踏上回国旅程的时候，我心里总是在默默地说，我再也不想踏上这片土地了，但是，当我真的决定要离开这里的时候，心中似乎有无限的惆怅。

　　中国石油天然气集团公司国际部总经理章欣给我发来了一条短信，告诉我中缅管道筹备组成立了，张加林任筹备组组长。接到这条短信，我的第一反应就是2007年2月12日的缅甸之行，没有想到那次与缅甸能源部讨论的"假想"的18个月施工计划会在一年半的时间里变成一个真实的故事，更没有想到我会把职业生涯的后半生和这个项目绑在一起……那次旅行也是我第一次见到张加林书记，他温文尔雅、和蔼可亲，脸上总是带着微笑，锃亮的脑门完全没有留下岁月的痕迹，宽阔的前额底下那双炯炯有神的眼睛，透着睿智与精明，似乎能看透你的心思。也许是一种缘分，那次旅行之后，每当逢年过节，我总能收到他问候的手机短信，很是温馨。他是一个很容易让人接近的人，也是一个让人愿意接近的人。接到章欣的短信，我给张加林书记发了一条短信，表达了希望加入他的团队、希望能够去缅甸工作的愿望，很快收到他的回信，"十分欢迎，尽快见面"。

2008年9月17日，我第一次走进中缅项目筹备组，刘俊峰接待了我。这位曾经以云南大学教授的身份第一个进入缅甸实地考察的中国石油管道人，对这个项目最熟悉，他向我详细介绍了筹备组的情况：筹备组的成员除了两个中国石油天然气集团公司任命的副组长李自林、崔新华和两三个从中国石油天然气集团公司机关调入的员工以外，其他绝大部分人都是来自原来负责中缅原油管道可行性研究报告编制的团队，这个团队被整建制地划给了中缅项目筹备组。这是一个年轻的团队，充满了激情与活力；这也是一个严谨的团队，所有的人都有雄厚的技术背景；他们都来自中国石油规划总院的海外管道所，是中国石油的海外管道战略规划和项目可行性研究的专业团队，著名的中亚天然气管道、中哈原油管道等都是这个海外管道所的作品。中缅项目筹备组分成4个处，即综合调度处、工程技术处、国内项目部和商务处。我是进入这个团队的第21个人，我负责商务处，刘俊峰负责综合调度处。历史似乎又回到了一年半以前。刘俊峰告诉我，工期依然是项目的关键，项目仍然充满变数，因为公司构架、合资合作模式、上游天然气的价格等都是不定因素……他的介绍无疑给我浇了一盆凉水。在管道局，我是第一任国际事业部总经理，开拓和发展管道局国际市场也是我一直以来的梦想。我从美国麻省理工学院毕业回国，毫不犹豫地选择回到管道局，就是为了这个梦想，我不知道我的离开将会给那个刚刚起步的团队带来怎样的影响。但是为了进入这个筹备组，为了进入这个连独立的财务都没有的筹备组，无论这个筹备组能不能过渡到公司，我都已经回不到从前了。我必须要离开管道局，离开我曾经的梦想，离开与我艰难打拼了三年的团队。如果这个项目做不成，我不知道我的未来在哪里……

那天我也见到了我的商务团队。蔡明是我见到的商务团队的第一个人，这位石油大学的毕业生，严谨而又坚持原则，他天生的微笑总能化解各式各样的矛盾。当他把一本用A4纸打印的道达尔公司编写的《永久的承诺》这本书递给我的时候，我感觉到这个商务团队已经做了很多的工作。初次相识的热情，这个商务团队把我心中的愁云暂时驱散了，他们的激情和努力感染了我，让我对项目开始有了一点点信心。

我知道法国道达尔公司是在缅甸第一个吃螃蟹的人。道达尔公司是丹瑞大将接管缅甸军政府、实施开放政策后进入缅甸的第一家外国公司，因为投资缅甸军政府掌管的海上气田，曾经受到欧洲议会的公开指责、受到国际劳工组织的公开批评。蔡明说："陈处长，我们把这本书刚刚翻译成中文，还没有发给大家，您再过过目、审审稿吧。"

我知道这本书的分量，也许道达尔面对过的许多事情是我们将来要面对的，也许道达尔走过的路就是我们将来要走的。我在家整整待了五天，没有去筹备组上班，我在一字一句地阅读这本书，我不想放过任何的细节。道达尔的陆上管道是一条位于缅甸南部的管径为36英寸、连接耶德纳海底管道、从达明西登陆后穿行63千米从缅甸进入泰国的陆上跨国管道，由美国优尼克石油公司、法国道达尔公司、泰国石油公司和缅甸国家油气公司共同持股、合资兴建，道达尔公司是管道的运营商。这条管道远离城市、远离热点冲突地区，所经地区人口稀少。这个项目开始的时候，开发者认为没有任何理由相信会出现特别的安全问题，但是1995年3月情况突然发生了变化，一家承包商的卡车遭到了伏击，5人死亡、11人受伤。尽管没有人声称为这起袭击负责，但是当地的地方武装被认为是这起事件的幕后策划者。

这本书给了我缅甸的一个基本印象，135个民族居住在67万多平方千米的土地上，人口占比最大的民族是缅族，但也只占全国人口的55%，其他少数民族，如掸族、克钦族、孟族和克伦族，具有独特的文化特征，而且人口众多，因此，缅甸国内各民族间的社会契约非常脆弱，分裂势力强大、战争不断，如克伦族，已经坚持了50多年的斗争了。缅甸军队，在道达尔公司看来，自认为是国家统一的保证者，自1988年起，不断加强其镇压少数民族反抗的行为。人权激进主义分子一直在指责这种镇压，他们声称在镇压过程中缅甸军队采取了武力驱逐、强迫征兵、强奸、严刑拷打、草率处决、夷平村庄等行动。

为了弄清楚道达尔当时的商务环境，我开始在网上搜集有关道达尔的资料，一个非政府组织的名字频繁地出现在我的电脑屏幕上——地球权利国际组织。地球权利国际组织是一家总部设在巴黎的非政府组织，这家组织从1994年开始对缅甸耶德纳气田陆上管道项目进行"侵犯人权"的调查，并于1996年协助当地村民将持有这条跨境管道28.25%股权的美国优尼克石油公司告到了美国洛杉矶地区法院。地区法院认定优尼克石油公司知晓缅甸军队为这个项目强迫当地村民劳动和对当地村民强行搬迁的事实。八年的庭内庭外讨论与抗争，优尼克石油公司十分疲惫，2004年12月13日优尼克石油公司和地球权利国际组织共同宣布达成庭外调解。尽管没有公布赔偿的数额，媒体估计优尼克石油公司的诉讼成本超过2500万美元。2002年4月，地球权利国际组织协助缅甸国民在比利时提起诉讼，要求道达尔公司赔偿，2005年6月被驳回；2002年8月又在法国提起诉讼，再次向道达尔公司要求赔偿。根据2005年11月29日BBC发布的消息，道达尔同意向当地村民赔偿600万欧元并设立项目人权基金，并将与缅甸政府签订的主要合同在网上公布。我在网上找到了4个，即《谅解备忘录》《分成协议》《权利和义务协议》和《联合运行协议》，这是道达尔缅甸公司的商业秘密，已经被昭告天下。

一、初次交锋

2008年9月27日，这是我在筹备组正式上班的第一天。这一天我见到了商务团队的主管领导——李自林副总经理，这位持有中国石油 001 号管理专家证书的年轻专家,曾经是中国石油工程造价管理中心成立后的第一任掌门人。中国石油工程造价管理中心管理着中国石油数十个定额站和数千人的预算队伍,管理着中国石油每年数千亿建设投资的预测、优化、控制和监督,是中国石油的"投资卫士",这个团队的掌门人一定是一个坚持原则、精打细算、十分严谨的人。办公室的李自林经常是一身正装、不苟言笑,给人一种沉稳和踏实的感觉。那天他向我介绍了整个项目的基本情况,给了我两本厚厚的可行性研究报告,一本是原油管道的,另一本是天然气管道的。很明显他的注意力集中在天然气管道上,因为在他交给我的厚厚的一叠已经签署的协议文本中,大部分是天然气管道的,也许是原油管道项目压根就没有开始,没有被关注。他给我的任务很明确,眼下的工作重点:第一是,研究将来的合资公司跟缅甸政府申请什么样的权利、承担什么样的责任,为与缅甸政府谈判《权利和义务协议》做准备;第二是,我们希望能够成为项目的运营商,需要研究各股东之间在生产方面的关系,为与各股东谈判《管道联合运营协议》做准备。

  北京复兴门地铁口附近的成方街紧邻长安街,与双向十车道、车水马龙的长安街相比,这条街显得格外的狭窄和安静。这条街上有一栋很不起眼的办公楼。那是中国石油旗下的中国石油国际事业有限公司办公楼。中国石油国际事业有限公司又被称为中联油,是中国石油旗下专门从事原油、成品油和天然气进出口业务的对外贸易公司,它的贸易业务涉及 80 多个国家和地区,有 100 多种交易商品,2008 年进口

在中联油谈判

原油7800万吨，占中国总进口量1.8亿吨的43%。2008年10月13日，一场盛大的谈判在这个公司的会议大厅举行，这是我见过的最多人数的一次谈判，谈判会场布置有点像中国形式的会议，有主席台，主席台下面是一排排的座位。这是四国六方（中国石油、缅甸国家油气公司、韩国大宇国际、韩国燃气公司、印度石油公司和印度燃气公司）的缅甸税气田天然气购销协议谈判的会场，缅甸政府派出了以副部长吴丹泰为团长的阵容强大的代表团，韩国大宇国际也派出了包括韩国总部代表、缅甸分公司代表在内的阵容相当的代表团，上游联合体其他股东包括韩国燃气公司、印度燃气公司和印度石油公司也派出了相当数量的代表来参加这次会议。这个每年40亿立方米规模的天然气销售合同对于贸易额巨大的中联油来说，显然不是一个大单子，但是，中联油还是派出了包括总裁王立华和副总裁张永祥在内的庞大阵容参加了谈判。天然气的销售价格和未来的气量是这次会议的焦点。有一个十分简单的思想在支配着大家，各方能够接受的价格和未来上游能够提供的气量是决定建设这条管道的基础。大宇国际上游联合体一方面希望天然气能够卖个好价钱，另一方面又不希望出现因为价格没有谈拢而胎死腹中的"印度管道"的情况。现在已经探明的储量只能够支持每年50亿立方米的产量，其中还有10亿立方米要在缅甸境内下载。对于中联油来讲要靠这一点点天然气气量来支撑从缅甸西海岸的税气田到中国昆明的管道建设的巨大投资，显然是不够的，所以希望大宇国际上游联合体能够提供更多的可采储量的数据。因为"管输费"是影响天然气价格的一个非常敏感的因素，从税气田到中国昆明的管道距离是一定的，输量低了，意味着每立方米天然气的管道运输费就会高，天然气价格就会高。会议争论十分激烈，大宇国际的杨素勇坚持说，管道设计只能按照现在已经探明的储量，而不是去预测未来的储量，那是一个谁也不知道的未来……张永祥则坚持大宇国际不够透明，没有把上游数据全部拿出来让大家评判……白热化的争论，让缅甸能源部缅甸计划局局长，这位从道达尔的耶德纳气田开发和陆上管道项目成长起来的缅甸能源部重量级的人物（是部长和副部长之外的第三号人物）感慨："两年前，我们就在讨论，这点气、这么高的管输费，我们要不要建这么样的一条管道？两年过去了，我们签了很多的会议纪要、也达成了很多协议，现在我们不应该再回到从前。"生性柔和、总是笑容满面的张加林似乎是一个和解的模范，在热烈的争论或者是冰冷的对峙中，他总能找到合适的语言，他说："这个议题确实讨论了将近两年的时间了，尽管我们在合作框架协议中表述要修一条管径40英寸800千米长的管道，从经济评价上来看还有相当大的差距，但是，我们一起走过了两年的历程，我们有两年的交往，我们有感情，我们是一个利益共同体。作为朋友，我能够理解，你们想尽快收回你们的投资。缅甸政府和缅甸能源部的朋友也一直在给我信心，他们一直在告诉我，他们也一直在证明孟加拉湾有更多的资源。我相信那片广阔的海域会有很好的前景，我们中国石油也已经开始AD1、AD6和AD8区块的勘探，这个区块紧邻你们的税气田A1和A3区块，中国石油对这个区块抱有相当大的希望，所以，有朋友甚至认为40英寸的管径会偏小，建议我们再把管道的管径加大一些……尽管如此，我们的经济评估还是很谨慎，但是，中国的经济培育了中国的市场，我们在考虑中国西南地区的燃气市场的时候，还给广西留有足够大的空间，这是我们做可行性研究报告的基础……无论是缅甸，还是我们中国，我们有一个程序是绕不过去的，我们必须要得到政府的批复，按照我的经验，中国政府将会安排中国国际咨询公司的专家对这样的项目进行评估。你们都知道，2007年2月12日，我代表中国石油在缅甸能源部郑重地向伦迪部长承诺，只要缅甸政府批复大宇国际上游联合体的气田开发方案，在合同签订后18个月内，我们有信心建成这条管道。为了有效地利用这18个月的工期，从缅甸回来后，我就开始部署管道项目的可行性研究了。大家今天都已经看到了我们的《可行性研究报告》的初稿，我们已经做了两年的铺垫，我们已经有成果了，我们的管道路由方案基本完成，在这两个月内就可以提交缅甸政府审批，所以，我们已经回不到从前的那个原点了，至少我是回不去了。我建议我们一起往前走一步，我们立足于现有的资源，把未来的资源放到二期或者更长远的规划中去考虑，缅甸政府尽快批准上游气田的开发方案，这才是我们的基础，没有这个开发方案，谈不上管道建设……"

这次会议形成了两个决议：一是继续推进管道的可行性研究，尽快完成向政府报批的材料；二是在仰光设立工作层，加强潜在股东的日常交流，尽快开展与缅甸政府的《权利和义务协议》谈判。于是我作为中方代表被派往仰光。

仰光，这座曾经的首都，并没有因为军政府的搬迁而显得宁静，依然是喧嚣如常、繁华依旧，金色的佛光，洒满了大地，大街小巷中撑着红色纸伞的小沙弥是一道独特的风景，在天际线中划出优美弧线的各式各样的金色佛塔那是万千子民仰望的圣殿。仰光大金塔，不仅仅是这个城市的地标，也是这个国家的象征，从太阳冉冉东升到徐徐西下，络绎不绝的人们

缅甸佛塔圣地

虔诚伏地，在佛塔上晃动着的清脆铃铛中聆听佛祖的教诲。在这座充满佛像和花园绿地有"亚洲之珠"美称的都市里，街道整齐干净，视野开阔，绿树成荫，空气中飘荡着怡人的慵懒气息。我走在昂山市场的圆石铺就的街道上，看着那英式的建筑、老旧的洋房，从心底体验一种历史颓废的凄美和岁月流露的斑痕。街道两边数千家商铺陈列着琳琅满目的商品，有来自缅甸最南端丹劳群岛的金珍珠，也有来自缅甸最北端帕丹的翡翠玉石，紫檀、花梨木的各式名贵木雕，漆器藤器，花色各式各样的布匹……让人眼花缭乱。街面上拥挤的人群和店铺里高昂的价格让人完全感觉不到此刻仰光民众的贫苦与民族的差异。这是一个国际化的大市场，人们穿着各国的服饰、说着不同的语言，甚至用着不同的货币……

这是我第一次来到昂山市场。在拥挤的人群中，总有人问我要不要换钱，其实我不买东西，没有换钱的欲望，但是他们的热情引起了我的兴趣。我被人领到了一个私人的钱币兑换店。这家店在一个不起眼的二楼，那家老板给了我比市场价多50缅元的优惠，1美元兑1050缅元。这次兑换深刻地印在我的心坎里，我知道中缅管道项目在缅甸将是一个巨大的项目，几十亿美元的项目以及上百家承包商、供货商和服务商都要面临这个简单而又复杂的问题，当地材料的购买、人员的吃住、工程的日常开销，还有当地雇员的工资……我们不能用美元，而我们手里又没有缅元，在这样一个外汇管制十分严格的国家，我们将如何去面对？实际上，缅甸从1977年5月开始到2012年3月底实施了特别提款权的固定汇率制度，法定汇率在 1 美元约等于 5 ~ 9 缅元的范围内变动。因为国家封闭、外汇奇缺，军政府对外汇交易实行了严厉限制，黑市交易应运而生，黑市汇率远超法定汇率。1998 年，黑市汇率 1 美元兑 250 缅元，是法定汇率的 40 倍，2007—2008 年缅币更是大幅贬值，达到了 1 美元兑约合 1200 缅元，而官方汇率依然维持在 1 美元兑 6 缅元。这次我的仰光之行，谈判《权利和义务协议》，外汇兑换是我无法回避的问题，尽管我们有很多的问题需要政府打开绿灯，包括特许经营权的问题、税收的问题，还有安全保障的问题……但是，似乎我们需要解决的第一个问题就是外汇兑换的问题，它将涉及项目的银行安排、账户开设以及承包商、供货商和服务商合同款项的支付等等。

2009 年 3 月 11 日，我又来到了韩国大宇国际仰光办公室，我已经记不清楚这是第几次来这个办公室了，我也记不清楚这是第几场谈判了，但是作为工作层面的谈判，这还是第一次。这是韩国大宇国际的办公室、是韩国大宇国际的主场，领队的是崔钟斌先生，他不仅仅是韩国大宇国际的领队，也是上游联合体的领队，韩国燃气公司、印度石油公司和印度燃气公司都看他的眼色行事。他是韩国大宇国际缅甸公司的副总裁，脸上总是堆满腼腆的笑容，丝毫也掩饰不住他的精明，他花白的头发更衬托了他的阅历。他是《三国志》的忠实粉丝，据他自己讲他一直在读《三国志》，到我们认识的时候，他已经读了 32 遍。中国石油的团队由四人组成，我是领队；郝郁，年轻的高级经济师，靓丽的气质和温柔的行事风格很受大家的关注，特别是她完成了中缅管道项目的经济分析，为后来的

"管输费计算模型"的建立画上了隆重的一笔；刘功文，中国石油天然气集团公司总部的律师，不卑不亢、能言善辩，总能体现律师的严谨；管雪鸥，7年的德国留学经历铸就他一丝不苟、循规蹈矩的行事风格。

这场《权利和义务协议》谈判在中国、韩国和印度各方的印象中就是将来的管道合资公司对缅甸政府的谈判，所以，我们从一开始就把缅甸能源部的代表团看成缅甸政府的代表，我们要在《权利和义务协议》中明确"缅甸国家油气公司将代表政府"签署这份协议。客观地讲这份《权利和义务协议》对缅甸能源部代表团的压力是很大的，因为协议牵涉到"特许经营、资产、银行税收、环境保护、保险和适应法律"等，这是整个国家政府的事情，根据缅甸领队当时的介绍，这份《权利和义务协议》至少与包括除能源部外的7个部委相关，包括计划财税部、环保部、铁道部、农业部、交通部、国家经济委员会和国家投资委员会，所以，他从一开始就解释，这将是一场艰苦的谈判和复杂的报批流程……

那些天我们每天都像时钟一样，准确行走、重复同样的故事，七点吃饭、八点出发，九点正式开始谈判，晚上十一点给北京总部书面报告谈判情况。2009年3月19日，这是第八天的谈判，我们吃完饭、回到宾馆，已经是晚上十点多了，北京已经是晚上十一点半了。我知道自林总（这是我们平时对李自林副总经理的尊称）还没有休息，他一定在等我的消息。我来到酒店的后花园里，拨通了他的电话。我沿着游泳池一边漫步，一边向他汇报了谈判过程中各方分歧。他不时地打断我，询问各种各样的细节，甚至不放过各方主要谈判人的情绪，我们详细讨论了第二天的谈判要点和策略……他最后告诉我集团领导要审查这次谈判的文本，这是集团领导第一次要看《权利和义务协议》的文本，我知道领导们是不会去看英文的，我必须要把它翻译成中文。时间在不知不觉中流逝，回到房间已经是晚上十一点了。时间太晚，我不能再让两位女士劳顿，我和管雪鸥开始撰写当天的谈判记录，完成这份书面报告已经是凌晨时分了。我还有一份工作没有完成，《权利和义务协议》的翻译。管雪鸥是学德语的，我不能指望他来做这份工作，我必须自己动手。我坐下来、摊开那本厚厚的协议，试图去把它翻译成中文，但是脑袋沉沉的，脖子已经完全支撑不住它，想拼命地睁开的眼睛也不听使唤，放在键盘上的手指已经挪位……我趴在桌子上，似乎眼睛突然一亮，内罗毕喜来登酒店的轮廓是那样的清晰，我听见了酒店周围的枪声，我看见王锦程、蔡哲从酒店大堂匆匆跑出来，手里拿着电话，那分明是在跟我说话。这是一个我十分熟悉的环境，这里有我熟悉的当地朋友，我试图要告诉他们逃跑的路线，突然看见蔡哲张开双臂向我跑来……我醒了，这是一场梦，那次我们投标从乌干达到肯尼亚的成品油管线的BOT项目，是王锦程教授和徐阔洋代表管道局去参加的，他们经历了那场内罗毕的枪战，成功地逃离了现场……这是一次可怕的经历，这个场景总是在我脑海里浮现，但是今天在梦里不是徐阔洋，而是蔡哲。对，蔡哲！我突然想起了蔡哲，这位清华大学的高才生，曾经当过英语老师，现在是管道局国际部印度项目的合同部经理，他能够帮我把这份《权利和义务协议》翻译成中文。我立即在网上呼叫他，没有想到这么晚了，他还没有入睡。也许又是一种缘分，这个电话从此把他和中缅管道项目联系在一起，他陪伴这个项目一直走到今天……我说："蔡哲，我已经不是你的领导了，但是，我现在需要给你安排一份工作，非常着急，给你三天的时间，帮我翻译一份协议，工作量很大，我明天还要谈判，我手边也没有帮手，在我的脑子里，只有你有这个能力，能够在这么短的时间里完成这个任务。"网络那一端的蔡哲，用极低的声音跟我说："行！陈总，我试试。"为了保密，我把文件分成了四个小文件，设定了四个密码，用四个邮箱发给了蔡哲。我有外援了！我脱掉鞋子，和衣躺在床上。立即进入梦乡。那天晚上睡得很甜、很踏实……

二、"烽"回"路"转

2009年4月17日是缅甸佤邦的一个重大的节日，一场盛大的庆典在靠近中缅边境的城市、佤邦首府邦康举行。这是佤邦20年来最为盛大的庆典，数千名来自中国民间和缅甸军政府的客人以及上万人的游行队伍参加了这次庆典。佤邦政府主席鲍有祥在这次庆典发表讲话说："今天是佤邦和平建设20周年庆典的大喜日子，是佤邦各族人民具有历史意义的纪念日……"这场庆典被佤邦官方称为"佤邦和平建设庆典"。缅甸政府国防军的东北军区和景栋军区也派出了相当高级别的军官参加这场庆典，而且送匾表示祝贺。当上万人的游行队伍分成14个方队从主席台一一走过的时候，坐在主席台上的东北军区和景栋军区官员与所有观众一样，脸上挂满了笑容，但是在14个方队之后，当大规模的军车和武器方队走过主席台的时候，军方代表一脸严肃。

在后来缅甸和西方的媒体报道中，这场庆典被当作是佤邦军队的庆典，被认为是鲍有祥的阅兵仪式，大部分媒体，包括《伊洛瓦底江报》，采用的标题是"佤邦联合军20周年庆典"，而且在所有的这些报道中，毫无例外地提到，拥有2万多兵力的佤邦联合军是缅甸最大的地方武装，特别是《曼谷时报》在2009年5月24日的综述文章中，用大幅标题把这次庆典说成是"佤邦军队秀肌肉"。这是一个非常敏感的时段，即将到来的缅甸大选是缅甸军政府向缅甸5000多万民众做出的承诺，这是缅甸向民选政府过渡的历史性大选，军政府在精心准备，他们加快了收编各地少数民族武装的步伐，希望解决地方武装割据的问题。根据美国《纽约时报》2009年5月10日的报道，军政府的方案是"命令"少数民族武装接受政府改编，军队指挥权交由两名少数民族军官和一名政府军官负责，由军政府统一领导和指挥，所以对于佤邦政府而言，让他们放下武器、接受改编显然是不可接受的，"20周年庆典"的阅兵仪式实际是佤邦政府对缅甸军政府试图收编地方武装的一种回应。

这次庆典对于缅甸军政府和将要代表军政府参加大选的缅甸联邦巩固发展协会（巩发党）是一种心理上的压力，对缅甸民众显示却是一派祥和的景象。当云南大学翟健文教授深入紧邻佤邦的果敢地区调研地方武装对中缅管道安全影响的时候，他站在果敢同盟军的战壕里，看到三五十米开外的缅甸政府国防军士兵荷枪巡逻的身影时，心中明显有一种压力和恐慌。他清楚地知道，在佤邦庆典之前，3月11日，果敢同盟军也举行了一场有四五千人参加的、规模宏大的集会，果敢同盟军司令彭家声也邀请了缅甸政府国防军参加了这次庆典。似乎彭家声对缅甸军政府的收编表现得更为敏感和直接，从那以后，他就开始练兵，似乎在为战争做准备。

就在佤邦庆典举办后的第六天，4月23日中缅管道的设计工程师陈静收到了一封来自缅甸国家油气公司的电子邮件。这封邮件引起了在现场组织管道线路勘查的中缅管道筹备组副总经理崔新华的重视。在这封邮件中，陈静被告知缅甸军方和地方势力的关系紧张，出于安全考虑，缅甸军方要求调整管道路由，从原来沿着滇缅公路敷设调整到滇缅公路以西50千米以外。崔新华，这位刚刚负责完成中国西气东输管道一条支线建设的工程管理专家，被中国石油安排到中缅管道负责工程建设，18个月的工期的责任将由他来承担。缅甸大选在即、形势复杂，安全形势将是影响工期的一个重大因素。他的第一感觉是中国石油需要迅速采取行动，他立即报告了北京总部。4月29日，驻内比都办公室的王强也接到缅甸官方要求中国石油调整管道线路的报告。

中缅油气管道原来的东线方案在北段经过囊秋、皎梅、地泊、腊戍、登尼、古凯、南帕卡，到达棒赛，然后入境中国，基本上是沿着滇缅公路敷设。木姐以东属于克钦独立军的势力范围，据缅甸军方估计克钦独立军总人数1.5万人，分为5个旅，按照缅甸国家油气公司官员的说法，克钦独立军相对温和，而且他们有意向放下武器、继续维持和平。政府国防军比较担心的是与果敢同盟军和佤邦联合军的军事冲突。崔新华对缅北安全形势的分析报告，让北京总部非常吃惊，他们迅速做出决定，5月4日组团赴现场考察，开展西线方案的选线工作。驻内比都代表王强同时接到指示，要求他立即与缅甸国家油气公司联系，从缅甸中央政府取得现场考察组的行程批复，并请求缅甸国家油气公司派出管理层代表陪同考察。

中国石油的迅速行动超出了缅甸能源部的预期，两周的时间他们就完成了组团和签证的办理，5月20日这个由张加林亲自带队的30人的团组已经抵达曼德勒。这个团组不仅包括中缅管道项目筹备组各部门人员，还包括设计和勘查工程师、监理工程师、工程施工技术人员，以及缅甸能源部的官员，甚至还有中国医生。我也在这支队伍中。

设计工程师拿出了两个方案，西线方案和中线方案，让大家讨论。西线方案线路总长度为285千米，与东线方案相比，西线方案水平距离缩短了7千米，但高程增加了300多米，对将来的输油泵和管道的管壁厚度要求更高，从地泊往北70千米，道路条件尚可，从木姐往南70千米道路也基本可以通行，其余的145千米基本是只有原来高压线施工时留下的路基，越野车完全不能通行，现场的设计勘查是乘坐当地老百姓的摩托车完成的；中线方案，基本没有道路，设计勘察小组也根本就没有走通。大家对两个方案的讨论十分激烈，明显有两种意见：一种意见强调西线方案社会依托太差，施工和运营成本将大大增加，坚决反对西线方案，希望能尽力说服缅方回到原来的东线方案；另外一种意见则认为西线方案远离滇缅公路，社会干扰少，有利于项目的施工，线路短，还可以降低施工成本……能源部官员转达了伦迪部长有意采用中线方案的想法。无论是中线方案还是西线方案，对于中国石油都是很困难的，因为中国政府已经批复了线路的入境点，中线方案或者是西线方案都将改变管道进入中国的位置。但是，在张加林的心里，要考虑的不仅仅是三个线路方案，安全和工期是压在他心里的两块石头，因为中国石油完全不知道沿线的地方武装分布，抛开将来管道的施工和运行，眼下这一支30人的队伍行进在没有道路的丛林里，安全风险也是无法掌控的；同时雨季马上来临，如果不尽快做出决定，半年的雨季至少把工期拖后

改线勘查（一）

半年，18个月的工期计划那是中国石油的承诺……他不能等，他必须带领大家继续前行。5月21日，30人分乘10辆越野车早上7：30浩浩荡荡从曼德勒出发。尽管大家有说有笑，但是我心里有一份恐慌，道达尔承包商被袭击的事件不时地浮现在我的脑海里。因为商务谈判需要，我看过很多资料，掌握一些地方武装的情况，也许知道得越多、担心越多，当你一无所知的时候，反而会显得很平静。

当我们抵达曼散的时候，短暂的停留让我有些放松。曼散是一个位于三岔路口上的小镇，往东通腊戍，往北去南马渡，往南通地泊，小镇不算太大，大约有一两千人规模。有几家小商店和饮食店，商店和饮食店的服务员大都能说汉语。曼散老百姓的热情和友善似乎驱走了我对安全的担心，房子门框上的中国对联，让我又倍感亲近。

第二天30个人分成了两个组，我跟随张加林从南马渡开始踏勘西线，崔新华带领另外一个组从南马渡开始踏勘中线。无论是中线还是西线，道路情况都很不好，越野车根本进不去，我们只好准备两台拖拉机，每组一台。十几个人挤在一辆拖拉机上颠簸前进，拖拉机的空间过于狭窄，所有的人都是站在拖拉机上。尽管十分小心，但是过度颠簸还是不时有人的头碰到车厢上的支架或者被树枝剐蹭。我们行进的路根本没有路基，很多地方沟壑纵横，有的深达半米、泥泞不堪……当我们穿过孟泰以北的第一条河流后，在第二条河流遇阻，河上根本没有桥，所谓的桥是当地老百姓用竹子搭建了一个简易的人行悬索吊桥，桥墩是用竹筐装卵石做的。为了安全起见，我们让拖拉机空车蹚水过河，队伍从竹子吊桥步行过河。这是旱季，河水还不算深。据当地老百姓讲，雨季的时候，河水很深、河面很宽，交通完全被隔断。我们往北辗转行进了17千米，拖拉机已经过度发热，司机不得不把拖拉机开进小河里，用河水冷却过热的拖拉机。

改线勘查（二）

缅北勘察是一场痛苦的经历，就像中国石油天然气管道工程有限公司（CPPE）工程师邵辉在他后来的日记中写的那样："雨水打在脸上，模糊了双眼，看到那穿梭于路边树丛中的山民，仿佛看到了昨天那穿梭于密林中的自己。天空中灼热的太阳，就像是狂妄的暴君，愤怒得想要烧光一切，所有的生灵都拼命地寻找荫蔽的港湾，我们却要在烈日的注视下穿行于密林。平常的一天、平常的40多摄氏度、迷宫一样的灌木丛横亘在我们的眼前，阻住了我们的去路。脚下早已没有了路，路都是靠双脚开出来的。尘土混合着汗水，脸上就像涂了油彩，像丛林中执行任务的特种兵，不！我们就是那穿越丛林的特种兵——有士兵一样的纪律和铁一样的意志。"

回到曼德勒，我们重新讨论两个线路方案。我们知道伦迪部长的想法，我们也清楚缅甸政府有权决定路由，但是，大家一致认为，作为油气管道将来的作业者，中国石油应该有自己的意见，西线的情况比东线肯定是要差一些，但是与中线方案相比，还是要好得多。

三、三驾马车

5月27日，又是一次大会，这是由中国、韩国和缅甸三方在内比都召开的三方会议，讨论管道项目的改线问题。中方派出了由管道项目总经理张加林先生为团长的15人代表团，韩方大宇国际缅甸项目执行总经理杨素勇博士带队共10人参会，缅方派出了由缅甸油气公司工程处副处长吴温敏为团长的7人代表团。吴温敏主持会议，缅方的态度非常坚决，会议一开始便声明，管道改线参会代表不能做出任何决定，只能将会议的情况报告能源部，在得到能源部的批复意见后，还将报内阁会议审批。

设计工程师陈静向大会报告了西线方案的踏勘情况，还将西线方案和东线方案、中线方案进行了对比，特别强调社会安全稳定是管道工程项目线路选择的重要原则,如果选择西线方案,项目将面临费用增加和工期延长的风险。吴温敏对管道的出境点提出了异议,他说:"我理解这条管道从木姐入境中国是很困难的,但是从棒赛入境中国也是难以接受的",他同时强调,"感谢中国石油对工期的承诺,我们知道缅甸政府对管道路由的批复是工期计划上的一个重要节点,我将代表缅甸国家油气公司努力去推动。"

韩方明显对项目的工期和投资感觉到了压力,杨素勇博士说:"我们注意到西线方案将会影响工期并增加投资,目前上游联合体各方正在决定投资计划和上游的开发计划,开发方案预计将在6月中旬上报缅甸政府。如果管线不能在2013年4月底建成,上游开发计划将受到很大的影响,按照管道原来的计划,是在2012年底建成,这四个月的富裕工期能否满足改线带来的工期延误。"

中方代表崔新华解释说:"工期能否保证需要各方共同努力,首先我们需要缅甸政府批复西线方案,其次是需要各方尽快批复可研报告,这是基础,如果各方能共同努力按计划执行,我们是有信心在2013年4月底达到投产条件的。"

5月28日上午,在中方张加林先生和韩方杨素勇博士的强烈要求下,缅甸能源部计划局局长吴梭昂参加了三方会谈。因为中缅双方签署的《谅解备忘录》即将过期,而上游气田的开发计划还不具备条件上报缅甸政府批复,在上游开发计划通过政府审批之前,各方不能决定是否入股天然气管道项目,而且《谅解备忘录》规定,在《可研报告》最终版确认后两个月内，上游开发商的各方必须书面通知中国石油是否加入天然气管道项目。中国石油、韩国大宇国际和缅甸油气公司都认为《可研报告》应该尽快关闭，否则等缅甸政府批复了上游项目，才关闭天然气管道项目的《可研报告》，天然气管道项目的工期将严重滞后，也影响上游气田开发项目按时投产。要关闭《可研报告》，管道线路方案的批复是前提，"皮球"又回到了缅甸能源部……

下午，三方开始讨论《权利与义务协议》，3月份工作层用了近3周的时间在缅甸仰光进行了充分的沟通，解决了协议中大部分操作层面的问题；4月份三方举行了管理层面的高层会谈，尤其是缅甸政府，不仅派出了能源部的代表，还组织了外贸银行、投资管理委员会、法律部、财税部等相当高级别的15人代表团，基本解决《权利与义务协议》存在的各项问题，只留下了路权和征地的问题。也许因为上游气田的开发，大宇国际听到了太多非政府组织的声音，让杨素勇博士对征地问题心有余悸，他说："从2005年开始，我们就已经被非政府组织关注，当时我们还在考虑修一条从缅甸过境孟加拉国到印度的管线，把天然气卖给印度……"的确，2005年2月非政府组织在孟加拉国的达卡举行了第一次游行示威，反对管道建设，2005年10月非政府组织又跑到韩国首尔大宇国际公司门口游行示威，反对税气田开发，2006年4月19日非政府组织在全球发起抗议，在泰国、美国、英国、加拿大、法国、澳大利亚等14个国家的韩国大使馆门前集会……这些反对的

第二章　硝烟弥漫

内比都三方会议

声音，也让杨素勇很谨慎，他接着说："缅甸的法律规定，土地是国家的，路权费一定不能与个人或者私人企业挂钩，但是我们需要补偿土地上面的东西，比如老百姓的庄稼、比如老百姓的房子。老百姓的搬迁是一个敏感而又复杂的问题，道达尔因为这个问题，打了三场官司。我们上游气田现在也面临巨大压力，非政府组织提到最多的就是管道建设会破坏环境，所以，我提醒大家，一定不要忽视项目的《环境影响评价》和《社会影响评价》，这两项评价报告是必须的，如果我们不做，就会有人起诉我们。如果说上游气田只是一个点，陆上管道则是从西到东横跨缅甸的一条线，管道项目更容易受到关注……"杨素勇博士的这番话让我感觉到压力，这不仅仅是我们《权利与义务协议》的谈判过程中要讨论的问题，更需要我们在项目实施过程中去谨慎面对。

5月28日，这一天是中国的传统节日端午节，谈判持续到晚上7点。缅甸能源部的官员匆匆赶回能源部办公室，处理谈判期间未处理的工作，中方人员和韩方谈判代表直接回到宾馆，等待缅方人员参加为庆祝中国的传统节日——端午节举行的晚宴。按照中国的习惯，宴会大厅布置了三个圆桌，宾馆准备了红酒和餐前小吃。大家三五成群，有站有坐，喝着红酒或饮料，等待缅方人员到来。20点10分左右，缅甸能源部计划局局长吴梭昂、缅甸国家油气公司新任工程处处长吴温敏、管道部总经理丹普终于出现在宴会大厅，大厅响起了热烈的掌声。张加林总经理说了几句简单的欢迎词，能感觉到他有点激动。在缅甸政府准备大选前的这段时间，能源部面临很大的调整，在内比都谈判的这几天，能源部和缅甸国家油气公司正在作大规模的人事变动。作为军人的能源部长伦迪准将在民选政府上台后，可能会退出能源部；年轻的丹田副部长据说要竞选议员，也可能会离开能源部；吴梭昂，这位掌管能源规划计划大权的非军方代表，是能源部的第三号人物，他可能是本届政府留在民选政府能源部的最高级别的官员。这位局长先生在这一段时间不仅要处理众多项目的事情，更多的可能要接手能源部内部的事情，能空出时间参加晚宴，确实是让张加林总经理感到激动。张加林先生发表了祝酒词，尽管祝酒词很短，但感染了在场的所有人，特别是感染了吴梭昂，他用中文大声说了一句，"中国、缅甸万岁"，引起了热烈的掌声。旁边的杨素勇博士不明白，就问吴梭昂说什么了，吴梭昂告诉他，他向中国朋友通报了伦迪部长批准了中缅管道入境中国位置的消息。

吴梭昂端起酒杯，向大家敬酒，他说："我从1997年认识杨素勇博士，为了缅甸的项目，我们已经走过了12年的历程，他是最值得我们缅甸人民尊重的地质专家，没有他就没有税气田，是他奠定了中缅油气管道的基础。在打第一口探井的时候，失败了，印度合作伙伴对未来立即没有了信心，退出了上游勘探联合体，他面临了巨大的压力。在打第二口井的时候，也是久攻不下，一直到3500米，依然没有动静……据说是在洗澡的时候，水龙头有点歪，他把它调整了一下，就是这个小动作，打开了他的思路。他突然想到，能不能改变钻井方向，能不能在现在的井位上调整角度，不再直着往下打，而是斜着打。他成功了……他成功地发现了税气田……在税气田发现后，我们最先想到的是把税气田的天然气卖给印度，为此印度总理专程访问了缅甸。后来，我们想到把税气田的天然气液化后卖给韩国。再后来，中国来了一个大人物，他就是张加林先生。他掐住我的脖子，我没有办法不把天然气卖给他，所以我们决定要建一条输气管道……无论如何，我们为了这个输气管道项目共同奋斗了四年，现在我们看到了曙光，我们为这个项目能够顺利地开展干杯！"

四、国家利益

2009年6月11日，外交部发言人宣布，应国家副主席习近平邀请，缅甸国家和平与发展委员会副主席貌埃将于6月15日至20日对中国进行正式访问。这是一次重大的国事活动，尽管没有得到媒体的隆重关注，但是貌埃的这次访问，似乎把中缅管道项目摆到了国家的层面。张加林刚刚回到北京，就接到缅甸能源部计划局局长吴梭昂的电话。张加林被告知，《关于开发、运营和管理中缅原油管道项目谅解备忘录》(以下简称《备忘录》)将在貌埃访华期间、在两国领导人的见证下签署，希望双方尽快就《备忘录》的签署达成一致。这份备忘录，我们和缅甸能源部已经讨论有一段时间了，但是，我们没有想到在中缅管道线路路由刚刚被敲定的时候，就立即签署这样一份重要的协议。吴梭昂局长希望立即敲定这份备忘录的签字人。他首先转达了伦迪部长的意思："张国宝先生对这个项目很了解，他也是中国的能源大臣，伦迪部长也很尊重他，伦迪部长希望张国宝能够作为中方代表来签署这份备忘录。"张加林明确告知张国宝主任不在国内。吴梭昂接过张加林的话说："如果张国宝不在国内，中方也应该有相当级别的人来签字。"张加林说，这是一份企业间的协议，应该不用惊动高规格的政府层面的代表来签字。张加林与吴梭昂之间没有达成协议。第二天一大早，伦迪部长亲自出马与张加林讨论签字人的事情。伦迪说："貌埃是国家和平与发展委员会副主席，还是三军副总司令和我们的陆军司令，是国家的二把手，他对中缅管道很重视。这次我也要随团访华，希望中国石油与中国国家能源局协商一下，让政府的人来签。"张加林说："中国石油在很多国家有项目，中国石油的总经理也经常与这些国家的能源部长共同签署文件。昨天晚上中国石油管理层已经向张国宝主任请示了，张国宝主任希望伦迪部长不要太看重这样的外交对等礼仪。这份谅解备忘录的谈判和签署是企业行为，张国宝主任代表国家能源局已经准备了外交照会向缅甸领导人做出解释和说明，外交照会今天一早已经发到能源部和外交部了……请部长阁下认真考虑中方的意见。"在后来的谈判和交往过程中，我发现这不是一个简单的签字人身份的问题，这是伦迪部长的国家利益之争！

路权费和过境费是跨境管道绕避不开的问题，这两项费用又是与过境国家的主权密切相关。1927年10月15日，英国人和法国人在伊拉克的巴巴古尔古尔发现了基尔库克油田，他们建成了世界上第一条跨国管道，把基尔库克油田的原油送往欧洲。英国人和法国人把他们的殖民国家当成了自己的土地，这条管线在伊拉克境内就分成两条线，一条被称为"英国线"，另一条被称为"法国线"。"英国线"的管道穿过英国殖民地巴勒斯坦进入地中海，"法国线"的管道则通过法国的殖民地约旦进入地中海。无论是"英国线"还是"法国线"，他们与管线所经国家签订的协议都是没有过境费和路权费的。但是，1939年5月31日，美国加利福尼亚州标准石油公司发现达曼油田，改变了英国人和法国人的规矩，他们建设了一条横穿阿拉伯国家通往地中海的原油管道——泛阿拉伯输油管道。正如约翰·马金在他的小册子《TAPLINE——世界最大原油管道的故事》中描述的那样，"泛阿拉伯输油管道以国家安全和国际和平为最高目标……没有国有化、没有政府补贴的美国式自由商业模式，必将证明与世界上任何其他的商业体系相比会做得更好、更快而且更经济"。这条耗资2.3亿美元、从沙特阿拉伯的达曼出发、穿越约旦和叙利亚、终点在黎巴嫩西顿、全长1068.2英里、年输量为1500万吨，被认为是当时最为伟大的工程之一的管道开启了跨国管道全新的商务模式，当地人民、管道经过的国家，以及管道公司所雇用的职员都成为受益者。达曼的原油在管道里静静地流淌，管道沿线的人民十分享受伴行公路带来的繁荣，管道公司的职员每月定期从公司取得薪水，管道过境国家每年从公司取得过境费和路权费，股东和资源国按照协议取得丰厚的收益……这条管道成为后来所有跨境管道的标杆，路权费和过境费成为管道建设者必须遵循的标准。

　　从我进入项目的第一天开始，我们就已经在讨论中缅天然气管道和原油管道的路权费问题了。因为天然气是缅甸生产，所以天然气管道不存在过境费；原油不是缅甸生产，是从第三国运过来的，过境缅甸进入中国云南，原油管道是有过境费的。我第一次从伦迪部长那里听到路权费和过境费的事情是在2009年5月，我记得当时伦迪部长手里拿着一本美国《商务周刊》在我们眼前晃了一下，然后说："原油管道的运输费是必须要收的，如果不收，或者收低了，等我下台后是要被追责的。这本书（指的是《商务周刊》）里有一篇文章叫做《中缅能源管道：破局印度洋》，文章说皎漂是中国的下一个出海口，中缅管道是你们的战略通道。刚才张加林先生汇报说从中国的钦州港上岸输到云南昆明的管道方案和从缅甸马德岛港上岸输到云南昆明的管道方案相比，缅甸方案只有两三毛钱的优势。我想说，你们既然是战略通道，要规避马六甲海峡海盗

第二章 硝烟弥漫

的威胁，要减少美国海军军舰巡航给你们带来的压力，这就不仅仅是经济上需要考虑的问题了。"伦迪部长在这次会谈中给出了一个让我们完全想象不到的过境费，每100千米每吨原油1.39美元。李自林委托国际知名的咨询公司对过境费进行了半年的研究，他已经给我们做了很多的铺垫，过境费是多少我们心里有一杆秤。伦迪部长的数字几乎惊呆了所有的中方人员。在我们的强烈要求下，他告知我们这个数字来自格鲁吉亚。当天晚上，谈判小组书面向中国石油北京总部报告了这一情况，中国石油北京总部连夜给莫斯科办公室发去传真，要求核实。第二天早上9点，我们拿到了莫斯科的报告，报告说，每100千米每吨原油1.39美元是在格鲁吉亚境内的管输费。这次会议后，我有一种感觉，"中国的能源战略通道"已经变成了伦迪部长手中的一张牌。

税气田天然气销售协议签字仪式

在后来的原油管道资本结构和投资收益率的谈判过程中，伦迪打的就是这张牌。在他写给张国宝主任的信中说："感谢阁下对于加强中缅长期胞波友谊和加强现有的中缅能源合作做出的不懈努力。我希望阁下注意到，中缅管道项目的战略性和项目成功实施带来的利益。我很高兴得知阁下跟我的观点是一致的。但是，这个项目顺利建成的主要受益方是中国政府和中国人民，它可以为中国提供一个经过缅甸境内进入孟加拉湾的通道。我们注意到缅甸及缅甸人民也将享受由于管道建设沿线的经济发展带来的机会，但是中缅原油管道项目的成功实施将为实施从缅甸西海岸地区到中国西南地区的多种模式通道项目（包括公路和铁路）打开一个途径，为我们两国即将带来重大的经济效益和良好效果。"

第三章

伯歌季舞

2006年7月13日，跨越阿塞拜疆、格鲁吉亚和土耳其三国，被称为当时世界上最为宏大的管道工程，巴库—第比利斯—杰伊汉管道建成投产。来自全球数千名政府要员和国际石油公司、银行财团的企业名流，聚集在管道的末端、土耳其的港口城市杰伊汉，举行盛大集会，庆祝管道建成投产。阿塞拜疆总统阿利耶夫、美国能源部长博德曼、格鲁吉亚总统萨卡什维利、土耳其总统塞泽尔依次开启了"象征石油管线正式运油"的四个红色阀门。阿塞拜疆总统阿利耶夫在投产仪式上激动地说："没有美国政府的支持就没有巴杰管线的今天。"美国能源部长博德曼宣读了布什总统发来的贺信，布什在贺信中说："巴杰管线使里海能源开发进入了一个崭新的阶段，它既可以获取丰厚的经济利益，又可实现环境保护……"这是一条由美国主导的地缘政治极为复杂的管道，它的建成打破了俄罗斯对中亚国家石油运输的垄断，让格鲁吉亚走出了俄罗斯地缘政治的掌控；改变了里海地区的政治格局，是美国"中亚新战略"成功进入巴尔干地区的标志,从北边可以遏制俄罗斯的重新崛起,向南阻断了宗教势力北上,从东边推动了里海石油向西进入欧洲,而不是向东流向正在崛起的中国。毫无疑问这是格鲁吉亚的战略管道,为地处内陆的里海周边中亚国家的石油寻找到了一条出海口。从地缘政治上讲,这条管道与中缅管道极为相似,都是政府主导的项目,巴库—第比利斯—杰伊汉管线是为石油寻找出口,中缅管道则是为石油寻找入口。尽管巴库—第比利斯—杰伊汉管道带有强烈的地缘政治色彩,但是它仍然是一个商业项目。11家实体公司组成的联营体分享了这块巨大的股权蛋糕,股权比例分别为英国BP石油公司30.1%、阿塞拜疆国家石油公司25.0%、美国雪佛龙公司8.9%、挪威国家石油公司8.71%、土耳其石油天然气集团公司6.53%、意大利埃尼公司5.0%、法国道达尔公司5.0%、日本伊藤忠商事株式会社3.4%、日本国际石油开发公司2.5%、美国康菲公司2.5%、美国赫斯公司2.36%。这11家实体公司为项目提供了30%的资本金,还有70%的资金由国际金融公司(世界银行集团成员之一)和欧洲复兴开发银行牵头,包括荷兰银行、花旗银行、日本瑞惠银行、法国兴业银行等在内的15家商业银行组成的财团共同融资。无论是这11家实体公司还是这15家商业银行,除了管道经过的三个国家的国家石油公司之外,他们都是顶尖的资本运作团体。正如马克思在他的《资本论》第一卷说的那样,"一有适当的利润,资本就会非常胆壮起来,只要有10%的利润,它就会到处被人使用;有20%就会活泼起来……",而巴库—第比利斯—杰伊汉管道项目,按照开发者设定的目标，投资回报率高达 12.5%。无论这个项目对于阿塞拜疆、格鲁吉亚和土耳其这三个国家有多么重要，无论美国做出多大的政治努力，它仍然会脱离不了商业项目的本性，它注定要为"资本"带来利润，没有实体企业愿意为"战略"放弃资本，也没有商业银行愿意为"战略"放弃"利润"。只不过是这些实体和商业银行，在强大的美国保护下，他们的"资本"和"利润"会更加安全。

现在的中缅管道谈判，摆在张国宝面前的就是这样一个两难的境地：一方面中缅管道被人们提高到了"战略通道"的高度，牵涉到中国的国家能源安全供应；另一方面无论是天然气还是原油，面临的消费市场又摆脱不了"商业的本性"，太高的油价或者天然气价格市场不接受，太低的价格，中国石油又要赔钱。中国石油也是一个实体企业，它和英国 BP 公司、美国雪佛龙公司一样，不能赔钱做生意。

2008 年，当亚洲金融危机演变成为世界性经济危机的时候，能源行业放飞了一只又一只黑天鹅，中国能源企业试图满足中国火箭上升一般增长的经济体量和工业实力，竭尽全力却力不从心。这一年中国的原油进口首次突破 50%，国际石油价格跳涨到每桶 140 美元以上的历史高位，能源安全及能源国际合作的话题再次喧嚣尘上。这一年中国第十一届全国人民代表大会第一次会议决定成立国家能源局，张国宝被任命为第一任能源局局长。中国的主流媒体在第一时间公布了国家能源局的职能，"协调境外能源开发利用，核准或审核境外能源投资项目"是国家赋予国家能源局的权利，但是在面对中缅管道的时候，张国宝被伦迪和缅甸军政府当成了掌管中国能源项目生杀大权的中国能源大臣，似乎指挥中国石油的权杖就握在他的手里，所以在谈判过程中，战火中成就的伦迪将军把他当成最后最高级别的谈判对手和合作伙伴。

中缅管道确实让张国宝承受了巨大的压力。2009年12月20日对于中缅管道是一个里程碑式的日子，这一天在时任国家副主席习近平和缅甸国家和平与发展委员会（缅甸军政府最高权力机构）副主席貌埃的见证下，中国石油和缅甸能源部在缅甸内比都签署了原油管道和天然气管道的《权利与义务协议》。作为习近平副主席的主要陪同人员，从签字人的身份，我们再一次触摸到张国宝的思路，中国政企分开后，中国政府赋予企业海外作业的权利，政府不再参与企业的具体经营。这一天在习近平和貌埃的见证下，中缅双方一共签署了16个协议，除了中缅管道以外，还有备受关注的《皎漂经济技术开发区、深水港合作备忘录》和《中缅铁路项目的合作备忘录》，以及开发密松水电站的协议。张国宝在伦迪将军陪同下，乘飞机到皎漂上空俯瞰港口选址。皎漂深水港和中缅铁路连在一起让人不能不想到，这是中国在试图打通通往印度洋的通道，这是一个更加巨大的国家战略项目。

显然，伦迪打出"中国战略"项目的这张牌，而张国宝强调管道项目不但要追求"战略"通道上的意义，也不能忽视项目本身的"商业属性"，否则未来的深水港和铁路项目谈判，中国将更加被动。即便是这条巨大的通道被打通了，中国企业也将赔钱来运行，他们又将如何面对中国政府和中国的百姓！

所以原本计划在 2009 年 12 月 20 日签字仪式上与其他 16 个文本一同签署的《中缅原油管道股东协议》，因为资本结构和投资收益的问题没有达成一致而不得不被放下。张国宝在他《筚路蓝缕》"中缅油气管道十年磨一剑"文章中写道："习近平与缅甸第一国务秘书丁昂敏乌会谈时谈到，中缅油气管道是中缅合作的标志性工程，希望缅方能予以推动，加快上马，早日建成。但由于时间短促未能全部谈妥，习近平同志指示我留下继续与缅甸政府磋商。"因为如果《中缅原油管道股东协议》不签字，合资公司不成立，中缅原油管道项目无法大面积开工。习近平副主席的飞机起飞后，张国宝又约请伦迪到中国石油在缅甸的办事处继续会谈。

张国宝与伦迪会谈

2009年12月20日下午张国宝和伦迪会谈。伦迪说："我们是老朋友了，我们一起发起了中缅原油管道项目，我一开始就有意愿把这个项目建起来，在这个过程中我们会遇到各种各样的问题，我们一起来合作解决。"张国宝说："过去五年，在我们的共同努力推动下，项目有了很大的进展，我们签署了《政府间合作协议》，这次又签署了《权利与义务协议》，项目正朝着积极的方向在前进。我们一致认为，中缅原油管道对于两国而言，都是一条极其重要的战略通道，对于保障缅甸的能源安全也很重要。"张国宝接着把话锋转到了项目的经济效益，给伦迪一笔一笔算起了管道项目给缅甸政府和人们带来的收益。当伦迪再次提到战略通道对中国更为重要时，张国宝回应说："中缅原油管道给缅甸带来的不仅仅是经济利益，还将有助于缅甸打破现有的外交僵局。项目建成后将提升缅甸的地缘政治地位，也是打破美国制裁的最好捷径。在中美战略和经济对话期间，中国国务委员戴秉国曾经劝告美国国务卿希拉里改变对缅甸的政策，希望美国高层能够与缅甸高层进一步接触。美方表示，将充分考虑中方的意见。"

一、福由心造

时间过得很快，过完中国的春节，不经意就到了缅甸的泼水节，这是我在缅甸过的第二个泼水节。2009年的泼水节我是在仰光过的，因为到缅甸时间不长，对当地的风土人情不熟，不敢置身其中，只是远远地看着那清凉剔透的水珠在狂欢的人群中溅起层层薄雾，满是欢喜。2010年的泼水节，我是在内比都过的，我自己站到了泼水的台子上，拿着粗大的水管，伴随低重而又欢快的音乐节奏，把水滋向狂欢的人群，滋向那袒胸露背、开怀畅饮的小伙们，滋向那短衣热裤、扭腰摆臀的姑娘们，我自己也融化在这种奔放狂欢的水雾中……这是我到中缅管道项目最放松的一天，似乎要把一年半的压力释放、要把一年半的艰辛洗尽。我们已经与缅甸能源部就《股东协议》的文本达成了一致意见，我们期待在下一次国家领导人高访期间签署。3月22日，我在仰光参加了中国商务部驻缅甸经参处召集的中资企业会议，在这次会议中得到通知，温家宝总理将要访问缅甸。

  2010年6月1日，这是中缅原油管道最具意义的日子，这一天香港公司注册管理署批准了我们的申请，"东南亚原油管道有限公司"成立了。张加林带领公司的主要领导拜访缅甸能源部，他要亲自向缅甸伦迪部长报告这个好消息，这也是个喜庆的日子，因为温家宝总理要来缅甸访问了，《股东协议》就要签字了，中缅管道就要正式开工了。似乎能源部很重视张加林的到来，所有的重量级人物都参加了接见，有伦迪部长、吴丹泰副部长、吴梭昂局长和缅甸国家油气公司总经理吴敏田。但是会谈并不像我们预料的那样喜庆和愉悦。伦迪说："上周你们的叶大波大使突然召见了我，昨天温家宝总理又亲自来电话，了解马德岛村民土地赔偿的事情。去年10月31日我和你们中国石油的领导在马德岛海域的军舰上，一起发布了开工的命令，你们马德岛的工程进展很顺利，但是你们征用村民的土地已经半年了，赔偿款还没有到位。马德岛的村民给我写信，也给我们国家写信，昨天我参加了政府的会议，作为这个项目的主管部委，我在昨天的会议上表态了，我保证妥善处理。"从能源部出来，张加林就接到了中国石油集团领导打来的电话，他被告知外交部的明传电报已经打到总理办公室了，缅甸村民征地的赔偿款问题变成了外交事件。今天的消息无疑是一声惊雷，击倒了东南亚公司所有的管理层成员、击倒了张加林。其实他也很委屈、也很无奈，因为缅甸能源部的官员与皎漂当地政府还没有就赔偿标准达成一致意见，他也一直在敦促，因为不知道要赔偿村民多少钱，向谁去赔付……而且公司还没有成立，在境外还没有开设银行户头，资金出不来。

6月2日中国总理温家宝如期访问缅甸，中缅管道再一次进入人们的视野、成为舆论的焦点。"国务院总理温家宝6月3日上午在内比都与缅甸总理登盛举行了会谈，双方签署了15项协议，其中包括东南亚原油管道公司股东协议和东南亚天然气管道公司股东协议。"《中国日报》《香港文汇报》等媒体报道说。在涉及能源、交通、水电、制造、汽车组装等的15个协议中，只有承载中缅油气管道的"东南亚管道公司"的名字出现在媒体的报道中，这让大家明显感觉到两国政府对中缅油气管道的重视程度。签字仪式后，两国总理还共同宣布中缅管道正式开工，300多千米以外的曼德勒米坦格河施工现场的机器立即开始轰鸣，焊花开始飞溅，中缅管道建设在鲜花和掌声中拉开了序幕。但是张加林的脸上却没有笑容，他完全没有心思享受这热闹非凡的场景，他正承受巨大的压力，因为中国石油集团的领导向伦迪部长承诺两周之内要把征地赔偿款送到村民手中。

他把这个沉重的任务交给了李自林。李自林立即联系了缅甸的油气公司——凯尔公司，让总部把钱汇到他们指定的账上。对于循规蹈矩的李自林而言，这是挑战，也是破例，因为他从来就不做这种超越程序的事情。到昂山市场去兑换当地货币，对于我们来讲并不陌生，但是，缅甸政府对外汇严格管制，要把美元从凯尔公司的账户上取出来却不是一件容易的事情。由于额度的限制，李自林不得不通过能源部向缅甸银行协调取得外汇额度，缅甸银行很给力，33万美元很快就以美元现钞的形式取出来了。

财务处安排马廷利负责兑换。马廷利，这位从中国大庆油田财务公司走出来的财务经理，通过马来西亚项目的历练，对东南亚的外汇交易已经很熟悉。他在昂山市场转了两圈，就找到了好几个"换钱"的老板，然后把他们一个一个叫到办公室，让他们一个一个地报价……当时，缅币的最大面值是1000缅元一张，然后就是500缅元一张，1000缅元差不多相当于1美元。他花了一整天时间，动用了三台车，把33万美元换成缅币搬运到了凯尔公司的办公室。当所有的缅币汇集到他眼前的时候，他被惊呆了，将近3亿缅元的现钞，堆起来足足有一面墙那么高。这么多的钱，安全是个问题。凯尔公司的办公室是在当时最豪华的樱花大厦里，樱花大厦坐落在仰光市区的中心地带，大厦白天还有保安。刚刚抵达仰光的他，对这个生疏的环境心里本来就没有底，加上傍晚时分他没有看见门

马德岛土地赔偿的现金

口的保安，更让他感觉到了恐慌和担心。他给管雪鸥和李云川打电话，让他们过来守夜，陪同他一起来"保护"这堆巨额的现金。管雪鸥和李云川敲开门，进入房间，眼珠子都快要掉出来了，谁也没有见过这么多钱啊！他俩很兴奋，李云川喜欢照相，他们把钱摆成方方正正的一堆、弄得像张床似的，一会儿躺在上面照、一会儿坐在上面照……马廷利只是静静地看着他们。不一会他们的兴奋劲就过去了，马廷利开口说话了："我们轮流睡觉，一次只能有一个人睡，另外两个人必须保持清醒。"

第二天早上5点，李自林领着6台车，从酒店来到了樱花大厦。这堆将近3亿缅元的现金被分装在14个编织袋中装上了车，车队在滂沱大雨中向机场进发。这样的大雨在仰光是很平常的，但是对于今天的李自林来讲，却太不平常了。大雨让他感到忐忑不安，他不知道他租用的飞机在这样的天气条件下能不能起飞。今天 6 月 15 日是中国石油领导承诺两周之内要把征地赔偿款送到村民手中的最后一天，皎漂的官员今天会把接受土地赔偿金的老百姓集中到市政大厅，他们会在媒体的监督下，把这些钱发放到这些老百姓的手中。如果飞机不能起飞，中国石油东南亚管道公司刚刚在缅甸登场亮相，就会给缅甸民众留下很不好的印象。天公作美，飞机到了机场，雨停了，14 个编织袋被顺利地装上了飞机，飞机按计划正点起飞。

飞机很快就飞到了皎漂的上空。皎漂的上空乌云密布，飞行员甚至找不到一个云层空隙穿过，他曾经试图从一块稍微稀薄的云层中穿过，强烈的颠簸让他再度把飞机拉起。正在机场等待接机的王延辉和徐文凯，已经看见飞机出现在视野里，似乎正在向下俯冲，但是突然飞机被拉升起来，冲向厚厚的云层不见了。根据后来王延辉的回忆，飞机在皎漂上空盘旋了将近 40 分钟，终于等来了一块云层的空隙，飞行员迅速穿越这个空洞、失重般地降落到了云层下面，调整角度平安降落皎漂机场。

机场离皎漂市政大厅很近，没用几分钟，李自林一行便到达了市政大厅。看见安静的市政大厅坐满了老百姓，李自林终于松了一口气。他走到事先搭好的主席台前，指挥大家把钱放在台子上，现场响起热烈的掌声。李自林清了清嗓子说："各位乡亲，各位政府朋友、缅甸国家油气公司的官员、尊敬的县长，你们好！谢谢你们，谢谢你们的耐心等待。东南亚原油管道公司是一个将要在缅甸运行30年的公司，在未来30年，我们离不开你们的支持和帮助，没有你们的支持和帮助，我们将寸步难行。东南亚原油管道公司有缅甸国家将近一半的股份，作为这个公司的管理层成员，我深感自己肩上的责任，我们有责任保证股东们的收益，我们也有责任改善当地民众的生活，我们将和你们一起走过30年的历程。今天非常高兴来到这里。我带着现金，说实在话，我也从来没有见过这么多的钱！我们大家都没有见过这么多的钱！我带着这些钱到这里来是为了兑现对大家的承诺。我要感谢你们，在我们还没有支付土地赔偿款的时候，你们就把土地给了我们，让我们可以按时开工。因为缅甸政府部门审批滞后的原因，土地赔偿款未能及时到位，在这里我也向大家说一声对不起……我还要感谢皎漂政府、感谢县长、感谢缅甸国家油气公司的官员们，我在石油行业工作近30年，你们是我看见唯一的一批政府官员，把投资人的土地赔偿金直接发放到老百姓手里，没有经过任何的中间环节，你们这种公正透明的做法是我们项目30年运行的基础，是我们和缅甸民众建立相互信任的基础，也为我们将来的土地赔偿工作建立了一个模板，树立了一个典范……"

　　李自林讲完话后，皎漂县长简单地交代一下注意事项，东南亚管道公司土地赔偿组工作人员和缅甸国家油气公司的官员便开始给大家发放赔偿金。拿着一捆一捆沉甸甸的缅币，村民的脸上洋溢出幸福的笑容，那是发自内心的。根据夏东仑后来的回忆："在中缅油气管道项目到马德岛征地之前，马德岛原住民平均每户家庭年收入大概只有15万缅元，被征地村民中,最多一家收到补偿款大约在 4000 万缅元,是当年家庭年平均收入的 270 倍。"他曾经问过这些村民准备把这钱拿来干什么,有的说要开杂货店,有的说要购买新的船只和捕鱼设备,有的还要修建新房……但是不管他们将来拿这些钱去干什么,夏东仑说他们是做梦也没有想到天上真的会掉馅儿饼。这是中缅管道项目第一次大规模地发放土地赔偿金,如此巨大数额的现金是祖祖辈辈劳作无法收获的。夏东仑,这个北京大学的高才生,大学还没有毕业就来到了中缅管道实习,毕业后直接进入了中缅管道工作。三年的征地经历,他走过管道沿线的四个省邦几乎所有的县市乡村、面对过成千上万被征地的百姓,他对缅甸百姓的总体印象是温良朴实、虔诚信佛,不贪婪,很容易感觉到幸福、很容易感觉到满足,他们懂得感恩,他们帮助了中缅油气管道项目的顺利推进。

发放土地补偿证明

二、国际风云

2010年11月13日晚上7点,缅甸政府解除了对昂山素季的软禁,她走出家门,向涌现在她家门口成千上万的支持者挥手致意。她说尽管被软禁多年,缅甸军政府并未虐待她,她不会仇恨这个政府,她希望同军政府领导人丹瑞将军面对面交流,希望为全国的和解进行对话。此时的仰光街头已经挂满了部分候选人画像,缅甸正在举行20年来的首次多党制全国大选。尽管美国《时代周刊》等大多数西方媒体都认为,"这场大选无法使缅甸政治发生太大变化",尽管选举结果确实如同西方媒体预料的那样,脱下军装的将军们赢得了大选,继续掌控国家政权,但是昂山素季的出现,无疑给新政府带来了新的理念,这个国家将在日出日落的岁月更替中悄悄地发生变化。中央政府哪怕一点点细微变化都会给普通的民众带来巨大的影响,中缅管道此时正在这样的变化过程中受到了影响。

2010年12月28日傍晚,太阳慢慢从内比都的金缅甸酒店山头别墅屋脊落下,西斜的夕阳将别墅的影子覆盖在池塘水面上,马骅正背着手在池塘边的廊桥上漫步,看着水面上散漫的锦鲤闪动双唇泛起的微微涟漪,他在享受这夕阳下的宁静。管道局的项目经理高建国带着他的财务经理来请马骅吃饭,因为他们刚刚被告知管道局在中缅油气管道第一标段EPC合同的竞标中胜出。高建国按捺不住心中的喜悦向马骅这位昔日的领导报告这一喜讯,他们要庆祝这次投标的胜出。也许是身份的转变，马骅现在是东南亚管道公司的首席顾问，已经不再是管道局的副局长了，他没有接受高建国的邀请，他还告诉高建国在合同签订之前，一切都还是个变数，希望高建国不要太乐观。高建国刚刚离开，邱中民便拿着一份从缅甸能源部发来的传真向马骅走来，大声喊道："马局，招标结果被推翻了，缅甸能源部不同意授标给管道局。"马骅接过邱中民手中的传真，自言自语说道："这是咋回事？能源部刚刚同意给管道局发文授标，不到两个小时怎么就推翻了呢？能源部自己否定了自己？"他半睁着眼睛，看着传真内容：全线四个标段全都是中国石油旗下的公司中标，没有任何其他的国际承包商介入，项目变成了纯粹的中国项目，不符合国际惯例，能源部不同意授标给管道局……根据后来缅甸能源部官员的回忆，参加这次投标的印度公司庞吉劳德在失去这个项目的中标机会后，仍然不愿放弃，他们利用缅甸政府更替的机会，请求印度政府从外交层面进行干预。

同意授标给管道局的传真是即将离任的伦迪部长签发，不同意授标给管道局的传真是即将上任的吴丹泰部长签发的，在这个政府更迭的过渡时期，伦迪部长代表的是军政府，吴丹泰部长代表的民选政府，虽然他们两个都是军人。印度使馆的外交干预，给了吴丹泰副部长一个提醒，新政府应该给世界展示一个全新的姿态，缅甸能源部的合资合作项目应该树立一个符合国际惯例的形象，所以他在给东南亚管道公司的传真中说："中缅管道 EPC 招标中涉及庞吉劳德的第一标段必须要进行第二次报价，价低者中标。"显然他在给庞吉劳德创造第二次机会。

2011年1月29日凌晨3点我被急促的电话惊醒，这是张加林总经理打来的。他通知我立即收拾行李，6点赶往机场，乘最早一班飞机飞往昆明，再转机去曼德勒，主持1月31日在内比都举行的管道EPC第二次开标会。我做梦也没有想到，这个工作会落到我的肩上。我是负责商务谈判的，工程招标是工程部门的事情，这部分业务不在我管辖的业务范围内。我试图推诿，我跟张加林说："我可以不去吗？"他非常坚决地说："不可以！你没有选择。"

　　这是一次艰难的开标会，吴丹泰副部长的信中已经强调低价中标，我不知道庞吉劳德会向开标会递交怎么样的一个低价。开标程序是公平的，最先递交标书的投标商的标书最后被打开。管道局是一个很有经验的公司，早上6点就把标书送到了开标会的会场，这是第一份送达现场的标书。第二个送达的是中国石油大港油建公司，第三个是中国石油大庆油建公司，第四个是中国石油四川油建公司，开标前10分钟，庞吉劳德的标书才姗姗来迟，这是最后一份送达的标书。所以，庞吉劳德的标书将会第一个被打开。

　　开标会由韩国大宇派驻东南亚天然气管道公司的副总裁李丞夏、缅甸国家油气公司工程处处长吴温敏和我共同主持。开标房间很小，所有的标书被放在靠近门口的那面墙的墙角。参加投标的有五家公司，每家公司大都有四五个代表到场，房间里非常拥挤。当李丞夏宣布打开庞吉劳德标书的时候，会场异常地安静，特别是打开商务标书的时候，好像能听到大家的呼吸声。大家跟我一样，在期待庞吉劳德的报价。"8亿美元。"当开标员宣读庞吉劳德的总包报价的时候，大家都惊呆了，8亿美元！比第一次报价的18亿美元足足低了10个亿。我看见管道局的项目经理高建国的脸色刷一下就白了，没有人说话……这个结果是所有的人都没有想到的，从高建国的脸上，我已经估计到了他的价格一定不会低于8亿美元，而且会比8亿美元高出不少，我完全理解他现在的心情。李丞夏宣布继续开标，下一个要打开的是中国石油四川油建公司的标书。李丞夏的话音还没有落下，中国石油四川油建公司的项目经理谢彬站起来说："我不同意开标。"我问为什么，他说："庞吉劳德的标书不符合要求。一是它的投标保函不是原件，二是它的标书装订不合格，他们没有按照投标要求进行无线胶装，而是用塑胶线圈装订的，三是庞吉劳德没有按照要求提供中文标书。在开标小组对于庞吉劳德的三个不合格项给出结论之前，我不同意打开我的标书，我不愿意与不符合招标文件要求的投标商一同进入评标程序，这样对我不公平。"其实，庞吉劳德并没有参加四川油建公司所投的第四标段，庞吉劳德的目标是第一标段，他唯一的竞争对手就是管道局，管道局也没有参加其他标段的竞标，它的目标也只是在第一标段。根据谢彬后来的回忆，他之所以站出来要求停止开标，主要是在为管道局争取机会，他判断管道局的报价一定在庞吉劳德之上。谢彬的这番话唤醒了还在发呆的管道局的项目经理高建国，他开始回过神来，非常激动地要求开标小组宣布庞吉劳德的标书无效，一再重复庞吉劳德偏离标书偏离招标文件的种种缺陷。拥挤的房间里开始热闹起来，中国的四家投标商异常团结，坚决要求废掉庞吉劳德的标书，场面一度失控。庞吉劳德的代表很委屈，特别是他们从新加坡请来的华人协调员罗杰先生好像感觉到自己做错了什么似的，不停地点头、不停地道歉。混乱的场面让吴温敏非常恼火，他要带领他的团队离场。他跟我说："陈先生，中国石油是这个项目的运营商，将来这个项目由你们来管理，承包商的选择理所当然是你们的责任，而且现在站起来闹事的都是你们中国石油的人。我们管不了，所以我们就不管了，我们要回去了，你们自己来处理吧。"我接过他的话说："你先不要着急，我们安静一会儿。现在这个局面需要我们俩共同努力，才能控制！我想告诉你，这次开标不是中国石油的主意，这次开标是丹泰副部长要求的。你现在是我们唯一联系丹泰副部长、联系能源部的桥梁，你如果走了，这个桥梁就断了。亲爱的处长先生，你想好了，你要是真想走、真想离开现场，记者就在外边，我会告诉他们，因为缅甸能源部人不想管了，所以，我不得不宣布本次招标失败。你们的伦迪部长、你们的丹泰副部长，还有你们国家的国家领导人都要求我们在18个月内完成项目的建设，如果你走了，对18个月的工期我们将不再负责……你也看到了，我们的录像机正录着呢，他记录了我们整个开标过程，我也不想担这个责任……你走我就走，录像机的资料会告诉大家，是你先走的。"我拉着他的手接着说："别离开，我们都不要离开，现在只有我俩能够解决眼前的问题。我们到隔壁的小房间去，分头给我们的管理层打电话，听听领导们的指示，然后我们再决定下一步的行动，好吗？"

第二次开标会现场

我打开麦克风，让大家安静，我说："开标出现的情况是我们大家都不愿意看到的，关系重大，我们需要请示管理层。我现在宣布在我们回来之前，谁也不许离开这个房间，谁也不许挪动标书文件。如果我需要你们中间某个人协助我，我会来找你们的。"

我向张加林报告了现场的情况，请求他的指示。他没有给我指示，只是告诉我，他想跟高建国说话。张加林这位从中国第一条长输管道——"八三"原油管道走出来的资深管道人，与管道局有着千丝万缕的联系。实际上后来管道局里很多管理层成员都是在"八三"原油管道项目上培养起来的。我把高建国叫到了隔壁的小房间，拨通了张加林的电话。高建国已经知道他的价格高于庞吉劳德，继续开标，管道局将必输无疑，所以在历数庞吉劳德的不符合项后，他请求张加林废掉庞吉劳德的标书。我知道此时张加林面临巨大的压力，一边是管道局同事的殷切期望，他们不愿意放弃这个项目；另一边是缅甸能源部低价中标的原则，让管道局不得不放弃这个项目。他们经过半个小时的电话沟通，显然是没有结果，高建国把电话递给了我，我向张加林报告说，这三个不符合项都构不成废标的理由，庞吉劳德第一次投标的保函还在我们的手里，那是原件，依然有效；装订缺陷和中文译本在招标文件中并没有作为废标项列出，所以我们没有理由废掉庞吉劳德的标书，而且如果废掉，缅甸方面肯定不会同意的，没有能源部的批准，我们的中标通知书是发不出去的。

  吴温敏看我打完了电话，走过来告诉我说，吴丹泰副部长正在议会参加新政府的第一次全会，他说："副部长的意见是继续开标，态度很坚决，谁不同意开标就废掉谁的标。"我知道现在不可能跟吴丹泰副部长沟通，尤其是在这个时候，他不可能在新政府议会大厅进进出出。我问吴温敏是不是通过吴梭昂向部长汇报开标情况的，他说是的。两年多的谈判，让我和这个能源部的第三号人物有一定的交情，我觉得我能说服吴梭昂。我跟吴温敏说："叫上李丞夏，我们三个人一起来给局长先生打电话，我把电话放到免提上。"我们拨通了吴梭昂的电话，我说："局长好，我知道您刚刚给部长打过电话了，我也知道了部长的指示，但是我想跟您说，部长的指示我做不到。坚持不开标的公司是中国石油的全资子公司，一方面我找不到理由来废掉他们的标书，取消他们的资格，另一方面如果真的采取这种极端的做法，取消他们的资格而让本来就有缺陷的庞吉劳德中标，外界肯定会猜测庞吉劳德与能源部的官员有什么特殊关系，我不知道人们会如何评价新政府的官员。再说我是中国石油的雇员，让我废掉没有瑕疵的中国石油的标书，我真的做不到。"吴梭昂是个开明的人，他理解我，也知道我的难处。他说："陈先生，你说既不能继续开标，又不能废标，你有什么建议？"我接着说："局长，现在摆在我面前的只有三个方案，第一方案是废掉庞吉劳德的标书，因为它有瑕疵，这个方案部长不接受，你也不会接受的；第二个方案是中国石油开标团队退出开标程序，由能源部的代表团接管继续开标，这样我和我的团队就可以解脱了，但是因为是能源部负责招标的，中国石油就不能保证在18个月的时间内建成这两条管道，因为队伍不是中国石油选择的，我认为这个方案也是不可行的；第三个方案，暂时停止开标，把所有的标书封存，送到缅甸国家油气公司的仓库里，给部长和我们的管理层一点时间重新考虑评标原则，在适当的时候再继续开标。再说马上就是中国新年了，您也让我和我的团队高高兴兴回家过个年，所以，我建议继续开标的时间最好放到中国新年之后，"在给吴梭昂打完电话后，我立即报告了张加林，他同意了我的建议，一再嘱咐我，尽可能多地为管理层斡旋争取时间。李丞夏也把我的意见向大宇国际的管理层做了汇报，也得到了肯定的答复。

三四个小时的等待之后，丹泰副部长终于同意了我的建议，标书被封存后运往缅甸国家油气公司的办公室。

三、勠力同心

2011年的春节对于张加林来讲注定是一段漫长的日子，尽管北京的街头挂满了各式各样的花灯，到处洋溢着浓浓的喜庆。火红的灯笼、火红的福字、火红的中国结，还有那红彤彤的笑脸……都不能让他开心，锁在缅甸国家油气公司的办公室的那一堆标书是压在他心头的石头，如何搬开这块石头是他这几天一直在考虑的问题。

2011年2月6日，中国农历正月初四，中国人还沉浸在浓浓的节日气氛里，张加林便把东南亚管道公司所有的管理层成员都叫到了办公室开会，连远在廊坊的马骅和高祁也应邀参加了这次会议，他要研究那一堆被锁在缅甸国家油气公司办公室的标书如何处理。会上明显有两种意见，以工程部王治华为代表的一方坚持修改评标标准，修改低价中标的授标原则。王治华，长江大学石油工程学院的毕业生，曾经在中国石油集团总部机关的管道板块工作过，对于中国承包商的管理有他独到的经验和方法。他说："如果要按照低价中标的原则授标，也应该将两次报价综合到一起。"以袁崇福为代表的一方则认为应该要遵循缅甸政府的要求，必须执行低价中标的原则。袁崇福，中国高级注册造价工程师，毕业于清华大学，中缅管道项目招标工作的主要负责人，具有相当丰富的国际招标经验。他说："我们是在缅甸国土上做项目，缅甸是主权国家，主权国家的主管部长的指示就是政府的要求，如果我们不遵循，缅甸国家油气公司怎么会批准我们的评标结果。"会上争论得很激烈,张加林左右为难,他没有办法做出选择,也许两种观点是他预料之中的。他打断大家的争论,说:"18个月之内要完成项目建设是悬在我们头上的一把剑,这把剑给了我们巨大的压力。我们换位思考一下,站在缅甸能源部的角度,18个月之内要完成项目建设也是悬在他们头上的一把剑,这把剑给他们的压力不会比我们小。退一步讲,如果管道局退出、庞吉劳德中标,庞吉劳德有没有能力在18个月之内完成项目建设,这可能是我们要面对的主要问题。"他的话提醒了参会的所有人,大家的注意力似乎不再停留在修改评标标准和原则的问题上,开始讨论庞吉劳德的履约能力。张加林接着说:"我们的项目是合资公司,我们不是单兵作战。东南亚天然气公司我们有四国六方股东,我们应该要调动他们的积极性。他们的目标和我们是一致的,只有项目建成,上游气田的天然气才能输往中国,他们的天然气才能变成钱,他们才会有收益,所以我们应该与他们一起来对庞吉劳德进行调查,调查庞吉劳德现有资源能不能在18个月的时间内完成第一标段这么巨大的工程施工。"

2月13日晚上10点在庞吉劳德履约能力调查的工作部署会上,张加林说:"为了公平起见,组建中方代表团时,大凡在管道局工作过的人员都不能参加。"曾经担任过管道局副局长的马骅和曾经担任过管道局国际部总经理的我都被排除在外。张加林把调查庞吉劳德履约能力的任务交给了王强,他说:"王强,你跟管道局没有关系,你担任中方代表不会受到质疑，我希望你立即提出一个参加调查的中方独立专家名单，与各股东代表组成调查组，赴印度对庞吉劳德的长输管道施工能力进行实际调查和评估，务必在3月中旬之前将调查报告提交到缅甸能源部。"王强，这位中国石油派驻东南亚天然气管道公司的副总裁，毕业于英国伦敦大学学院，在中国西北到北京的第一条天然气管道——陕京天然气管道公司工作了近20年，有丰富的生产管理经验，就这样被任命为中方团组的负责人。

第二天，我、王强和李丞夏一同赴缅甸国家油气公司汇报对庞吉劳德履约能力调查的建议。吴温敏得知我们的来意之后，说："我能理解你们的担忧，但是这是能源部的决定，你们必须征得能源部指导委员会主任吴丹泰副部长的同意。"为

商量对庞吉劳德的调查

此，我们旋即拜访了吴梭昂局长，说明东南亚油气管道有限公司的担忧。吴梭昂局长答应了将此事汇报至副部长，并建议东南亚油气管道有限公司召开董事会形成决议。

2月18日，在能源部指导委员会主任吴丹泰副部长的主持下，中缅油气管道项目协调会在能源部会议室召开。在听取缅甸国家油气公司的汇报后，副部长说："中缅油气管道项目是一个国际项目，投资者涉及四国六方，为体现公平公正，我们希望看到更多的国际承包商参与进来，庞吉劳德就是这样的一家企业，不能轻易被否决。当然，工期和质量也是我们一直关注的问题。今天各股东代表都在场，东南亚油气管道公司提出对庞吉劳德的技术实力展开全面细致调查，指导委员会经过讨论，同意你们的提议。请你们提出一个候选名单，经指导委员会批准后实施，要尽快做出评价，以免影响项目建设工期。"

第四章

雾开云散

2011年2月24日的早上,印度国家燃气公司的总经理B.C. Tripathi像往常一样,坐在办公室里,眼睛专注地盯着办公桌一端的电脑屏幕,不时地动一动键盘或者鼠标,他在关注全球天然气的动向,从国际天然气价格到正在建设的每一条管道,他不想放过任何一个敏感的数据。作为市值近百亿美元的印度国家天然气行业垄断企业的总经理,他有3900人的管理团队管理着整个国家的天然气输配主干管道网络和全国一半以上的天然气销售市场,他根本用不着如此关注这些正在迅速变化的数据,但是这位毕业于印度安拉阿巴德的国立理工学院的工科学生从市场销售经理开始了他在这个公司的职业生涯,正是因为对市场的数据天生敏感和善于抓住稍纵即逝的市场机会,他用了30年的时间,从公司基层的位置一步一步走到了总经理的岗位。他正在启动一系列的新项目,他希望改变人们对他引领的国家燃气公司垄断属性的认知,他要让他的企业以崭新的市场经济姿态跻身世纪巨型公司的行列。尽管他的公司

第四章　雾开云散

已经拥有了超过 8000 千米的天然气干线管网，但是，对市场极为敏感的他，有一个庞大的计划，他希望在未来 5 年投资 40 亿美元来重新打造他的主干管网，他要把他的管网向东向西延伸、向南向北拓展，他要引领他的公司为这个国家的每家每户和每一个工厂提供清洁的天然气能源。他说："我们的目标是建立高效、密集的管网和相关的配套设施，把资源送到市场需要的各个地方。"

正当错综复杂的数据在他的电脑屏幕上滚动的时候，屏幕上弹出了新收邮件的提示信息，这是来自缅甸东南亚天然气管道公司的邮件，是他的市场部总经理 Sanjib Datta 转发过来的。邮件告诉他东南亚天然气管道公司正在启动对印度管道施工承包商庞吉劳德履约能力的调查，希望他领导的公司能够牵头来做这件事情。尽管这是一封再普通不过的邮件、这也是一项再普通不过的事情，但是完全超出了他对庞吉劳德的认知。庞吉劳德是印度国家燃气公司的长期合作伙伴，在已经建成的印度国家天然气干线管道中，有很大一部分是庞吉劳德的作品，而且在将要建设的印度国家天然气干线管道中庞吉劳德也将占有相当的份额，这次庞吉劳德能够进入中缅油气管道的 EPC 竞标的名单也是印度国家燃气公司极力推荐的结果。Sanjib Datta 立即被他叫到了办公室，尽管他十分了解庞吉劳德在印度管道建设市场中做出的贡献，但是，他并不知道庞吉劳德在海外市场的做法，所以，他明确地告知 Sanjib Datta，中缅天然气管道是印度国家燃气公司第一次在海外参股管道的建设，股东们的诉求也一定会牵涉印度国家燃气公司的利益，他希望 Sanjib Datta 能够代表印度国家燃气公司担负起牵头单位的作用。

也许是 B.C. Tripathi 踏实的性格造就了他团队严谨细致的风格，Sanjib Datta 给人的印象是认真负责，不放过任何细节。我第一次接触他还是在 2009 年 6 月 25 日，在印度国家燃气公司的德里总部会议室审查中国石油的两家设计院初步设计报价的时候，他给我留下了深刻的印象。他甚至能对中国石油设计院所列出的 50 多台笔记本电脑和 20 几部卫星电话都进行质疑，他一项一项地计算一支勘察队伍的电脑配置、一部卫星电话能覆盖的距离，让经验丰富的设计工程师也无言以对……2000 多万美元的报价中列出了成百上千的分项，一部卫星电话的租用费也不过是几百美元。他的行动得到了韩国大宇杨素勇博士的肯定，从那以后，韩国大宇就把管道建设的成本控制交给了他。杨素勇说："印度国家燃气公司是管道专业化公司，对管道很有经验，我们都不懂管道，他们将代表 49.1% 的股东审查中方的所有费用，不要试图把印度国家燃气公司当成小股东。"尽管印度国家燃气公司只有 4% 的股比，但是从那次会议之后，它的意见就代表了 49.1% 的股东意见。这次对庞吉劳德履约能力的调查让 Sanjib Datta 来牵头似乎是情理之中的事情。

2 月 28 日东南亚原油管道和天然气管道两个合资公司召开董事会，董事会决定，印度国家燃气公司作为调查的牵头单位，中国石油派驻东南亚天然气管道公司的副总裁王强、韩国大宇派驻东南亚天然气管道公司的副总裁李丞夏、缅甸国家油气公司的吴温敏、印度国家石油公司的辛格和韩国燃气公司的庞杨珍与白多可组成调查组，立即开展行动，对庞吉劳德的履约能力进行调查。

仰光的天气干热难耐，当王强从印度使馆拿到加急签证时，已经是3月2日。在得知印度国家燃气公司的Sanjib Datta从3月3日到5日期间在新加坡开会的消息后，张加林对王强说："本次调查的结果直接关系中缅管道项目建设的成败，涉及东南亚管道公司的国际名声，调查结果必须得到所有股东单位的认可。Sanjib Datta是印度股东的代表，又有与庞吉劳德合作的经验，他的态度最具说服力。在出发去印度调研之前，你必须就调研大纲与Sanjib Datta达成一致。机票已经给你订好了，明天就去新加坡与他当面讨论。为了更具有说服力，李丞夏陪你一起去。只许成功，不许失败。"

一、调剂盐梅

尽管B.C. Tripathi对Sanjib Datta做了安排，但是Sanjib Datta的印度情节让他放不下他对庞吉劳德那份情感。开始的时候Sanjib Datta对于王强和李丞夏的新加坡见面并不积极，经过反复沟通，他才答应从他列席的国际会议上请假3小时与王强、李丞夏见面。新加坡会面之后，Sanjib Datta首先表明了他对庞吉劳德的态度，他说："庞吉劳德是印度最大的管道施工企业，虽然他们在项目管理方面存在不足，但是以他们的能力还是可以胜任中缅管道项目第一标段施工任务的。这也是我们当初推荐他们参与竞标时最基本的判断。"也许是他心里装着 B.C. Tripathi 的重托、装着 18 个月完成管道施工的工期目标，他并没有反对王强和李丞夏提出的调查大纲，这次会面基本明确了调查组的计划安排。

与庞吉劳德的调查讨论会在印度国家燃气公司的一楼会议室拉开序幕，一个可以容纳 30 人的长方形会议室，挤满了印度国家燃气公司多个部门的工程师和商务人员。庞吉劳德的总经理 K.P. Gupta 亲自汇报，他的目标仍然集中在如何完成中缅管道第一标段的施工组织上，调查组明显感觉到他的汇报冗长而充满矛盾。设备、机具、人员、物料采购、项目组织、工期安排、资金计划和预算分配等每一个关键内容的交流，都是发生在庞吉劳德和调查组之间的一场拉锯战。从庞吉劳德的振振有词开始，到调查组专家的质疑，再到

对庞吉劳德的调查

第四章　雾开云散

庞吉劳德的实话实说……在经过 2 天半持续的唇枪舌战之后，庞吉劳德已经不像会议开始时那样自信。李丞夏代表东南亚天然气管道公司在最后的总结发言时说："Gupta 先生，我要向你和你的团队陈述几个事实。2006 年 3 月庞吉劳德开始为印度 LNG 企业 Petronet 公司在印度古吉拉特邦修建储罐区项目，合同额 7200 万美元，项目严重滞后，没有在业主规定的 2008 年 10 月完工；庞吉劳德在 2006 年 10 月中标英国公司 Ensus 的生物燃料炼油项目，合同额 2.4 亿英镑，但是你们的项目严重延期，一直到 2010 年 3 月才竣工，Ensus 对你们开出了 2300 万英镑的延期罚单；2007 年 1 月你们中标了印度石油公司 Heera 项目，合同额 2.9 亿美元，包括多个海上平台和 70 千米海洋管线，合同工期 16 个月，但是你们的项目工期严重滞后到 2010 年 8 月份才完成，你们为此增加了 5200 万美元的项目成本，印度石油公司也给你们开出了一张高额延期罚单……"李丞夏举着一份报告接着说，"这是一份汇丰银行刚刚发布的报告，这份报告对庞吉劳德 2010 年的经营形势进行了详细的分析，你们在 2010 年第四季度的表现确实令人失望，你们的财务损失已经超过 1 亿美元，你们在未来的表现可能将更加令人担忧，你们在印度石油公司 Heera 项目损失的 5200 万美元得不到业主的认可，业主已经扣留了你们 2800 万美元工程款；你们在印度尼西亚 Ador 电厂项目和泰国石化厂项目也都严重滞后，无疑将增加你们的项目成本……这份报告还告诉我们，你们带有侵略性的低价竞标策略已经严重影响到了你们公司的利润率……"

当由中方代表主导的调查报告初稿呈交给张加林的时候，已经是印度当地时间凌晨 1:30 了。第二天在得到张加林的肯定回复后，调查组准备形成最终的调查报告。然而，就在专家们满怀信心地步入会议室，准备签字的时候，一些从未露面的新面孔出现在大家的面前，他们是印度国家燃气公司各部门的负责人。没有人知道是谁安排他们来的，但是大家都知道他们代表牵头单位，要对调查报告做最后的审查。不管这些人与庞吉劳德的亲疏如何，在中国和韩国代表看来他们和 Sanjib Datta 一样，有一种难舍的印度情节，他们也不愿意看到印度公司出局，所以又是一番激烈的争论。印度国家燃气公司似乎要找回庞吉劳德失去的自信，他们从设备、机具、人员、物料采购、项目组织、工期安排、资金计划和预算分配等又重新进行讨论，曾经发生在与庞吉劳德和调查组之间的拉锯战又重复了一遍。眼看一天的时间就要过去了，Sanjib Datta 仍然没有主意。王强把他叫到了会场外，非常严肃地说："Sanjib Datta 先生，庞吉劳德的实力已经很清楚，我能够理解你同事们的心情，但是我们必须对中缅管道项目的安全、质量、工期和预算负责，今天下午调查组必须得出书面的调查结果，明天我们必须要赶回内比都向缅甸能源部汇报，希望你尽快签字确认。"Sanjib Datta 很为难，他摇摇头说："请再给两个小时，你也看到了，不仅仅是印度国家燃气公司代表，印度国家石油公司的代表也还有不同的意见。"

7 点，8 点……两个小时早就过去了，Sanjib Datta 还在焦急地来回踱步。王强和李丞夏把他拉出会议室，问道：

"Sanjib Datta 先生,你看见了,辛格已经签字,现在只有你没有签字,到底发生了什么?"Sanjib Datta 喃喃道:"朋友,你们必须理解我。庞吉劳德的董事长与印度政府关系很好,昨天晚上政府直接找到了我们的董事长,希望印度国家燃气公司能够支持他们,所以,你今天看到了,我们来了很多人,这是董事长派来的。在长输管道施工方面,庞吉劳德与印度国家石油公司合作的少一些,压力自然就落到了我们的头上……"李丞夏说:"昨天我在和庞吉劳德讨论会的总结发言中所列的那些事实是我们无法改变的,他们承担的英国项目延期了、他们承担印度尼西亚项目延期了、泰国项目延期了,就连在你们印度自己国家的项目也延期了,你也看见了印度国家石油公司辛格的态度,他签字了,因为庞吉劳德的延期给他们公司也带来了损失……我们不想我们投资的中缅管道项目也被延期完工。"在所有股东代表的劝说下,Sanjib Datta 承认庞吉劳德为了获取第一标段,直接降价 10 亿美元,如此大的降幅确实缺乏说服力,最终在调查报告上签下自己的名字,在自己的签名后面还特别标注本调查报告仅仅是对庞吉劳德项目实施能力的一个鉴定,不代表他对合同授予的态度。

一份关于庞吉劳德不具备中缅油气管道项目第一标段 EPC 合同履约能力的调查报告很快就被提交到缅甸能源部。3 月 22 日,缅甸能源部计划局局长吴梭昂以副部长的名义对这份调查报告做出回应说:"根据调查组提交的调查报告,我们发现庞吉劳德在其技术标中提到的人力和设备资源不足以按时完成项目第一标段。考虑到管道项目的利益和项目的工期要求,我们认真考虑将 EPC 第一标段授予管道局，前提条件是管道局必须降低报价，以便与庞吉劳德公司的报价一致。"

正当管道局项目经理高建国再一次接到东南亚管道公司的中标通知、再一次沉浸在成功喜悦中的时候，印度大使馆的干预再一次改变了缅甸能源部的决定。3 月 29 日，缅甸能源部计划局局长吴梭昂又一次以副部长的名义致函东南亚管道公司说："印度驻缅大使馆向我方投诉，要求缅甸能源部向 EPC 第一标段最低报价的投标商庞吉劳德授标，根据招标文件条款内容及规定，该公司事实上已经赢得了这一标段……从公平、公正、合理的角度出发，同时为了避免在技术上、政治上让事情变得更加复杂，我方不能将管道局视为中缅管道项目 EPC 第一标段的唯一承包商并向其授标……鉴于 EPC 第一标段的讨论已经持续了一段时间，为了实现项目按时竣工，应该将 EPC 第一标段拆成两部分分别授予庞吉劳德和管道局……"

这是一种现实的平衡外交，缅甸能源部从国家利益出发，用中缅油气管道项目谋求了在中国和印度之间的政治、经济平衡，中缅管道项目 EPC 第一标段之争在这种外交平衡中落下了帷幕。

二、相爱相杀

2011 年 10 月 1 日，又是一个盛大的节日，这一天是中国的国庆，人们为国家的独立而欢庆，中国北京举行的一系列国庆活动成为了世界主流媒体追踪的焦点。美联社报道说，国庆庆典激起了中国人民的爱国心，这个美好的时刻让中国人民感到骄傲，中国摆脱了 62 年前的战争、贫穷，成为一个生机勃勃的世界第二大经济体；彭博社报道说，在北京市中心举行的盛大庆典展示了中国不断增强的全球影响力，中国国家主席胡锦涛和其他领导人一起庆祝中国在世界舞台取得的新成就。红色是中国在这一天的主旋律，红色的背景是各种舞台庆祝活动的主色调，红色国旗在城市的大街小巷里飘扬，人们穿着红色的衣服、挥舞着红色的彩带，这一天中国人民沉浸在红色的海洋之中。

不仅仅在北京举行了一系列的活动，全国各地通常在这一天都会举行隆重集会。中国很多的企业都会把开工或者竣工这些重大的活动安排在国庆，在人们的眼中，这是对国庆的献礼，所以，这一天对中缅管道来讲也是一个盛大的日子。中缅管道第四标段开工典礼在缅甸北部重镇地泊举行，工地上飘舞

中缅油气管道第四标段开工典礼

着的中缅两国的国旗和红色彩带、主席台上红色的地毯和巨大的红色背景墙让人们感受浓浓的中国国庆的喜庆。站在主席台上的缅甸能源部部长吴丹泰、计划局局长吴梭昂和东南亚管道公司的副总经理张强脸上挂满了笑容。吴丹泰发表了热情洋溢的讲话，他说："这是一个双喜临门的日子，中缅管道第四标段的开工标志着中缅管道建设的全面推进，这个项目将成为中缅两国友谊的桥梁，成为中缅两国经济发展的纽带，中缅油气管道是造福中缅两国人民的项目，希望管道所经过的缅甸地方政府和群众能够一如既往地支持管道建设，祝愿项目取得圆满成功。"

但是站在吴丹泰旁边的中国驻缅大使李军华却神色凝重、一脸愁云，在来参加开工典礼的路上，他接到了使馆新闻处打来的电话，说"缅甸下议院议员吴瑞曼在昨天的议会上宣读了一份吴登盛总统的简短信函，信函宣布停止密松水电站的建设，因为这个工程违背了民众的意愿"。密松水电站位于缅甸伊洛瓦底江干流上游，建成后将成为世界第15大水电站，2009年12月开工，由缅甸电力部、中国电力投资集团和缅甸亚洲世界公司共同投资，总装机容量600万千瓦，平均每年可为缅甸提供308亿度电，基本能够满足缅甸国内的用电需求。这是一个有利于两国人民的项目，这是在两国政府领导人见证下签署合作协议的项目，是两国最大的合作项目。在缅甸政府的这一"突然举动"之前，大使没有得到任何信息，他的消息居然来自他的新闻处从媒体上搜集到的新闻，而不是缅甸政府通知他的。现在他站在中缅管道开工仪式的主席台上，不能不思考吴丹泰部长所说的"造福中缅两国人民的中缅油气管道项目"的前景。

回到仰光后，从新闻处收集到的各种材料，李军华不仅看到了各方在密松水电站被宣布停建之前对密松水电站的反应，也看到了各方在密松水电站被宣布停建之后的反应。密松水电站项目经历了太多的游行示威，其中规模最大的是2010年2月设在英国的克钦民族组织在包括缅甸驻英国、日本、澳大利亚和美国等地的大使馆门口组织和举行的全球性的抗议和游行示威。中资企业另一个在缅大型项目——蒙育瓦万宝铜矿也频频遭到当地民众和组织的示威游行，甚至爆发与现场警方的流血冲突……在这些纷杂的新闻报道中，英国《卫报》网站披露的一则消息引起了他的重视。消息说，一份由美国驻缅临时代办拉瑞·丁格尔签署的电报，表明美国驻缅甸大使馆曾通过"小额资金"支持了反对修建密松电站的民间组织。美国人关注和利用"非政府组织"的行为提醒了他。他紧急约见了东南亚管道公司的总经理张加林，他对张加林说："缅甸新政府在上月召开了国家经济发展改革会议，吴登盛总统在会上强调缅甸的经济发展目标已经发生变化，他的新政府不仅仅是要发展农业，他还要建立现代化工业国家、全面发展其他领域的经济，这次会议是新政府经济改革的一场总体布局。国家计划与经济发展部副司长吴昂奈吴在会上提出了修改投资法的初步设想，一工部兼二工部部长吴梭登提出了全面推行私有化的构想……这样快速地推进经济改革一定会带来政治体制的改革。新政府希望增加缅甸社会的活力和影响力，他们不愿意错过世界技术进步给缅甸带来的机会,这种社会活力的增加一定会让非政府组织的活动空前活跃。希望中缅管道能够重视密松水电站被停工的教训,采取积极的态度应对这些非政府组织的活动……"

与李军华的会谈,让张加林感觉到了危机,他立即采取行动、开始应对。他成立了中缅管道友好协会,他要用自己的"非正式组织"来应对缅甸的"非政府组织",张哲被任命为中缅管道友好协会的秘书长。张哲,这位山东大学的经济学博士,有一股山东人特有的韧劲,有一种少年不知愁滋味的性格,他博览群书,知识面相当宽泛,他反应敏捷,是应对媒体的好手。根据张哲后来的回忆,2010—2011年度是缅甸非政府组织大爆发的一年,伴随着2010年底第一次民选,缅甸非政府组织如雨后春笋冒了出来。在这些非政府组织中,有老牌的美国乐施会,也有邦固组织这样的新军。

在中缅管道观察委员会之前,第一个被东南亚管道公司关注的"非政府组织"是"税气田运动",这是一个在泰国的缅甸人早年发起的,成立之初主要针对大宇联合体开发的海上税气田的,随着中缅管道项目落户马德岛和皎漂,这个组织把目光投向了中缅管道。他们当时在皎漂没有固定的办公室和工作人员,他们雇佣当地人搜罗项目各类情报,按照一套既定手法,发布虚假消息。缅甸当时的交通条件相当落后,很多记者根本没有条件去皎漂采访,他们大多直接上网采信"税气田运动"发布的消息。有些消息甚至非常滑稽。2011年春节期间,东南亚管道公司马德岛管理处在岛上的板房营地挂上了一排红灯笼，这是中国人春节喜庆的象征，结果被"税气田运动"组织拍照发文，说成是岛上有"红灯区"。拍摄红灯笼照片的是一个叫吴吞基的岛上村民。

2012年10月，中缅管道观察委员会对外宣布成立。2012年12月，一个所谓"马德岛发展委员会"的非政府组织突然出现。他们向东南亚管道公司提出包括修路、通电等所谓"十二条诉求"，而且表示如果诉求得不到满足，他们将保留采取后续行动的权利。得到消息后，张哲立即带着他的团队上岛应对，他们用了5天时间走访了县政府、缅甸国家油气公司派驻的官员和警察，以及寺庙僧侣、村长和大量村民。原来整个事件就是吴吞基策划和组织的，此时的吴吞基已经变成了"马德岛发展委员会"的非政府组织的领导。当拿到吴吞基的"十二条诉求"后，少年不知愁滋味的他一脸尴尬。吴吞基要求马德岛的5个自然村24小时通电、通柏油马路……张哲决定直面吴吞基。在当地村民的帮助下，他用了5天的时间，终于找到了吴吞基。骑着摩托车、瘦高的身材、黝黑的脸颊、腰里别着这里很稀罕的"大哥大"是吴吞基留给张哲的第一印象。那天吴吞基似乎没有准备与张哲会谈，他只是把摩托车停在张哲的面前寒暄了几句，没有下车就疾驰而去。张哲没有放弃与他的沟通，一直在联系他。2013年3月底，"马德岛发展委员会"已成为中缅管道观察委员会的成员，吴吞基明显感觉他有了靠山，他要采取更大的行动，筹划在泼水节前在岛上组织游行示威。这一次他认为他有实力面对张哲了。吴吞基带着他的助手与张哲的团队在皎漂苏莉宾馆餐厅见面，腰里依旧别着显眼的大哥大。经过几个月的接触，张哲已经掌握他的基本情况，知道他是正牌大学的法律系毕业生，是土生土长的马德岛人，学成后回漂安家置业，父母仍然在岛上居住，妻子在岛上教书。2009年他跟几个朋友合伙从政府手里承包了马德岛附近一块海域，做起了鱼排养鱼生意。中缅管道原油码头定址马德岛后，缅甸当地政府收回了码头航道经过的海域，包括吴吞基承包的海域。政府的行动切断了他的财路，因此让他对马德岛原油码头、对中缅油气管道项目怀恨在心。在张哲看来，吴吞基并没有强大的政治背景，只是因为个人利益的得失形成的积怨导致他采取了过激行为。张哲的判断对于后来东南亚管道公司处理吴吞基事件做了很好的铺垫。

自从成为中缅管道友好协会的秘书长后，张哲自己都数不清见过多少大大小小组织、见过多少各色各样人物，但是中缅管道观察委员会的吴定地、邦固组织的吴拓拓、MCRB的维基鲍曼、地球权利组织的杰西卡、马德岛的吴吞基和皎漂的吴缪伦是他一辈子也忘记不了的名字，因为与他们有太多的交锋、也有太多的感悟，但是留给他印象最深的一定是中缅管道观察委员会的秘书长吴耶登吴。

起初和中缅管道观察委员会的接触并不顺利，他们单方面发布所谓管道沿线调查报告，充斥着片面、夸大乃至与基本常识不符的论断。当时管道正在建设期，这个组织的目标就是叫停中缅油气管道项目。当观察委员会筹备在仰光召开发布会对外发布中缅管道沿线观察报告之前，这个组织破天荒主动联系了张哲，希望在开会前，就报告中的一些内容进行澄清。

第四章　雾开云散

在香格里拉酒店大堂咖啡厅里，吴耶登吴和他的顾问，生硬地和张哲握了握手，脸上露出生硬的笑容，在落座之前，他刻意警惕地环顾四周，确定身后无人尾随。

吴耶登吴用铅笔在一张白纸上描出一个缅甸国土轮廓，接着用力在这个"地图"中间划出一道线——中缅油气管道项目走向，然后义正词严地对张哲说："是你们的管道把我们的国土一分为二。"这次会见不欢而散，《中缅管道沿线社会影响调查报告》如期发布。在仰光summit酒店会议厅，张哲和50多位媒体记者、学者及其他的非政府织成员静静地聆听主持台上吴耶登吴口若悬河地介绍他的这份最新"反管道"报告，吴耶登吴看似镇定的表情掩饰不住内心的"怒火"。

张哲抓住了发布会"提问环节"的机会，他从征地赔偿、管道安全、环保和公益项目几个方面，摆事实、讲道理，柔中带刚地进行了回应，让主席台上的吴耶登吴很不淡定。会议间隙，张哲在会议厅门口开始了自己的发布会，他被记者们团团围住，开始澄清多年来包括中缅管道观察委员会在内的众多非政府组织的各种"歪曲事实，偏听偏传"的谣言，小到管道埋管深度、大到征地赔偿款的发放和管道征地所有权的归属等。他充满激情的演讲和所陈述的事实让媒体耳目一新，就连中缅管道观察委员会的成员也被吸引过来，站在记者包围圈外边。

主要的非政府组织的网站和观察委员会自己的社交媒体平台一直是张哲和他的团队关注的重点，吴耶登吴等人的动态也一直没有离开张哲和他的团队的视线，他知道吴耶登吴哪天又去马圭调研、哪天又去内比都拜会议员……他和吴耶登吴的相爱相杀是一条看不见的战线。

2016年9月，在中国的一家研究院和缅甸一家知名非政府组织的斡旋下，中缅管道观察委员会应邀来华参加研讨会，会后专门与张哲的团队进行为期一天的闭门会议。9月的北京早晨，已经有了一丝寒意，张哲早早赶到酒店，和他预想的一样，吴耶登吴和他的伙伴穿着不合时宜的羽绒服、戴着不合时宜的帽子。看到张哲，吴耶登吴挤出了笑容，寒暄握手，似乎还没有忘记几个月前发布会上的唇枪舌战。

张哲和NGO

会议开始后，照例还是两个小时的双方自说自话，对牛弹琴。吴耶登吴及同伴，仍然是连珠炮式的无端指责中缅管道项目的种种"罪行"。一上午说得口干舌燥，张哲意识到不能再按照老路沟通，他要换一种方式尝试"求同存异"。午餐时，他主动邀请吴耶登吴坐在一起边吃边聊，从北京的天气，说到中国的美食，从吴耶登吴的职业经历，说到缅甸新政府。吴耶登吴很健谈，张哲感到可以交流。张哲趁机提出，下午讨论中缅管道观察委员会的工作，看看在过去哪些工作双方是走在一条路上，将来哪些工作还会继续走在一条路上，双方到底有没有合作的可能，张哲的提议得到了对方的积极响应。下午一开始，张哲从观察委员会最后一份报告说起，指出了报告中哪部分是真实的，哪部分内容对东南亚公司的工作能起到提醒和督促作用。吴耶登吴和他团队开始评价中缅管道的《缅语版宣传手册》，友好地指出一些语言表述上的不足，并告知哪些表述可以避免老百姓的误会。会议气氛变得友好起来，这种友好的气氛一直持续到下午6点，当张哲抬头看看吴耶登吴的憨笑，他意识到，中缅油气管道项目与中缅管道观察委员会的关系正在掀开新的一页。

　　愉快的北京会面之后，两人代表各自团队相约消除误解，加强交流，最终形成了定期见面沟通机制，并延续至今。在后来的见面沟通中，中缅管道委员会经常向管道项目提出合理化建议，在社区建设、管道安全和社会公益等方面积极为项目出主意、想办法。观察委员会由中缅管道项目的简单粗暴"反对者"，转变成为项目的"安全监督员"和"宣传员"，他们成了朋友。

　　土地赔偿从来就是媒体关注的焦点，也是反对管道建设的非政府组织炒作的话题。2018年4月7若开邦媒体报道"安镇的民众分别在4个墓地，对中国石油天然气集团公司

（CNPC）、缅甸国家油气公司（MOGE）进行诅咒"，让民众再一次听到反对管道的声音。这次活动是由一家没有在政府注册和得到政府批准的被称作"安镇管道事务观察委员会"的非政府组织发起的，他们要阻止油气管道的水工保护施工。如果在雨季来临之前，水工保护施工没有完成，管道局部地段将被冲毁，管道安全将受到影响。中缅管道项目副总经理李文斌、缅甸国家油气公司行政处处长吴威武立即前往若开邦实兑市与首席部长吴尼布召开会议研究处理。吴威武代表中缅油气管道合资公司汇报了管道征地赔款情况。他说："项目已完成了中缅管道项目所有土地赔款工作，即便是定义为荒地的区域，我们也进行了赔付，所有的赔付工作已完成，而且施工完成后土地修复也得到村民认可，达到了能够继续耕种的程度……'安镇管道事务观察委员会'组织的这次活动十分的滑稽，他们要吸引民众的注意力、阻碍管道施工。"李文斌详细报告了土地赔付的流程，他说："我们始终坚持村民自愿和尽可能少占用耕地原则，所涉村民如不同意占地、经做工作无效的，管道一律改线绕过；遇到佛塔、庙宇、学校、坟地、动植物保护区，管道线路一律避让。我们坚持把征地赔付款亲手发放到每一户村民手中，而且每一次征地赔偿款的发放我们都举行仪式，由当地市政府的行政长官主持，所有征地代表参加，中缅管道的征地赔付工作是公开透明的，赔偿金额是通过当地政府和土地所有者协商确定的，所有的赔付款项都被直接发放给了土地所有者，缅甸国家油气公司没有截留、当地政府也没有截留……这次安镇管道事务观察委员会以征地赔偿为借口阻碍管道施工,对管道运行已经形成了威胁,如果施工不能在雨季开始之前完成,管道的安全将受到威胁。"这次会议后,若开邦政府迅速采取了行动,按照缅甸法律程序很快处理了这次事件的组织者,对其中几个主要组织人员实施了拘留,并启动了法律诉讼程序。

三、亡羊补牢

2011年10月1日,在缅甸北部重镇地泊举行的第四标段开工典礼,标志着中缅管道全面开工,从此打开了18个月工期的计时器。18个月的工期像另一支达摩克利斯之剑,悬在东南亚管道公司和4个标段的5个承包商头上。任何延期都没有理由、任何延期都得不到解释,缅甸政府和上游大宇联合体需要的只是在18个月内完成施工、达到投产条件的结果。

这是一场中国石油工人熟悉的工程施工大会战。合同签订后,中国石油的四支队伍包括管道局、四川油建、大庆油建和大港油建,立即把各种资源从中国的全国各地调往缅甸。2011年11月份《工程承包商的月报》显示,管道局的第一批142台陆运设备包括91台焊接工程车和47辆运管车等从滇缅公路陆陆续续被运抵施工现场;第一批海运设备包括37台吊管机、34台挖掘机等224台,分三船经过天津港从太平洋穿过马六甲海峡进入印度洋,再通过伊洛瓦底江北上浩浩荡荡地被运抵施工现场;1294名技术工人包括焊工、机械操作手等已经在1B标段305千米的不同地段分成几十个作业面开始工作……

原油管道完成了50.76千米的焊接作业，天然气管道完成9.2千米的焊接作业……两条管道每天以4千米的焊接速度在推进。正如张加林在接受《中国能源报》的记者采访时说的那样，"中国石油承包商的队伍是一支技术过硬、能打硬仗的国际化管道建设队伍"，他对在18个月内完成管道建设充满了信心。

  但是正如人们担心的那样，庞吉劳德的进度严重滞后。为了敦促庞吉劳德加快施工进度，东南亚管道公司专门成立了西线指挥部，副总经理张强任总指挥。张强，中国石油大学储运专业博士，博学多才、记忆力极强，有丰富的管道施工和运行经验，这个从有中国管道摇篮著称的中国石油东北管道局培养出来的储运专家，在完成了中国西部管道（中国西北的能源通道）的建设和试运投产后，被中国石油调往中缅管道。张加林把庞吉劳德这块硬骨头交给了他。上任伊始，张强便组织了对庞吉劳德的进度进行评估，专家们的报告明显让他感觉到需要立即采取措施，他建议张加林按照合同要求切割工程量。2012年1月5日，张加林把庞吉劳德的总经理K.P. Gupta叫到香港，他要与庞吉劳德和他的团队召开专门的会议，研究工程量切割的事情，这又是一次艰难的博弈。会议一开始，张加林便对K.P. Gupta说："管道局已经开了12个工作面，现在每天的焊接速度是4千米。庞吉劳德目前有两个工作面，帕丹只焊接了41道口，还有7道口不合格，皎漂也只完成了100多道口的焊接，你每天的进度只有8道口、不到100米的进度，和4千米的进度相比，我不知道你将如何去面对？你们的项目是你们国家大使馆向缅甸政府交涉通过国家领导人给你们的，如果你们不能按期完成，不仅仅是你个人的面子问题，不仅仅是庞吉劳德公司面子的问题，而是印度这个国家和印度人在缅甸有没有面子的问题。从我们业主方面来讲，我们对缅甸政府和上游气田有过承诺，我们必须在2013年5月31日之前完工，如果不能按期完工，我们第一个月将面临上游气田3900万美元的索赔，第二个月将有9000万美元的索赔，我想你们也不希望这个损失最后算到庞吉劳德的头上，我们必须要采取措施……"张加林让吕继承把庞吉劳德现场存在的问题向会议做个汇报。吕继承，张强的副手，主管庞吉劳德现场施工，这位中国哈尔滨工业大学焊接专业的硕士研究生，曾担任过大庆油田建设集团管道公司总经理，先后组织实施了中俄原油管道和中国西部管道部分区段的施工，有丰富的管道施工经验。他说："庞吉劳德原计划在2011年11月15日投入6个机组，但是到12月15日才投入了1个机组，即便是这一个机组也不具备开工条件，因为配套设施和装备都没有运抵现场……若开山始终没有动静，在每周的例会上，一提到若开山，我们都感到恐惧，64千米的山区段，没有任何设备运抵现场，我们从你们的进口设备的清单中甚至看不到用于山区施工的设备……"

要从庞吉劳德手中切割工程量，让李丞夏这个韩国人想起来中国的一个成语"与虎谋皮"。后来根据我和他的讨论，他说："与庞吉劳德讨论切割工程量肯定是一场博弈。在对庞吉劳德履约能力调查的时候，我明显感觉到这是一个商务能力很强的公司。尽管在很多的项目中拖延了工期，但是他们的商务人员总能找到合适的借口来应对业主的索赔，无论是英国公司的项目，还是印度尼西亚公司的项目，或者泰国公司的项目……你们的合同写得很好，你们完全可以强行切割工程量，但是你们担心外交事件再次发生，所以，你们采取了谈判的方式，无疑增加了切割工程量的难度，但是你们做到了，因为你们有中国石油的支持……"

经过长达三个月的谈判和与管道局的协商，若开山40千米的施工任务从庞吉劳德的名下转移到了管道局名下。管道局是一个负责任的中国企业，它为"18个月的工期承诺"，分担了中国石油投资方的压力。中缅管道这艘船行到江心出了问题，管道局成功为这艘船进行了补漏。

若开山森林茂密，人迹罕至，瘴气出没，缅甸人很少会出现在这深山老林里。但是当管道局接过这40千米的施工任务后，他们的队伍不得不开进这片"恐怖之地"，他们没有选择，他们必须硬着头皮往前冲。

若开山施工最高点在距离皎漂140千米的地方，海拔接近1400米，但是这个地方最难的不是因为它的海拔高度，而是因为它的"瘴气"。管道局的施工队把这个地方称为"黑风岭"。"黑风岭"天气非常奇怪：每天早晨艳阳高照，火一样的太阳晒得人都可以掉一层皮；中午时分，又是蓝天又是白云；到下午三四点，山间的雾气就会一点一点形成，迅速上升，就像《西游记》里的白骨精撒的妖气，不大一会儿工夫整个山顶就会被这种"妖气"浓雾所笼罩，能见度只有五六米，这种"妖气"浓雾会让人头晕目眩。所以，一看到大雾起来了，施

若开山施工

工人员就必须迅速下撤,就像安全员刘洪增说的那样:"在这种浓雾中干活太危险,黑风岭会让人失去方位感,心底产生一种莫名其妙的恐惧。"

强攻"黑风岭"的是管道局管道四公司103机组分出来的一股人马。小组长王丛维带领着8名焊工、2名管工、9名普工,在知道这个地方的气候特点之后,他们每天早晨4点多起来,早早出发,在没有起大雾的时间段把要焊接的任务量给抢出来。他们采取灵活迂回战术,能战则战,不能战则撤,他们根据天气情况打时间差。黑风岭在王丛维小组的强攻下,每天以8道口的速度向前推进……

四、西海柔情

2014年1月27日,内比都能源部缅甸国家油气公司的办公室被一个来自若开山区的电话打乱了节奏。中缅油气管道的新康丹泵站被人为纵火，正在负责施工的中国云南建工集团营地被焚烧殆尽，很多将要被安装在原油管道上的材料设备也在这场大火中被烧掉损毁。刚刚在办公室历经不眠之夜的总经理吴妙米乌不得不放下手头的工作匆匆赶往失火现场，作为东南亚管道公司的代表，我被通知陪同前往。经过8个小时的长途颠簸，我们一行十几个人抵达了新康丹泵站。现场一片狼藉，荷枪实弹的安市警察局警察已经把参加施工的100多名缅甸当地工人集中在被烧毁的营地院子里，他们在等待吴妙米乌的指令，要把这些工人全部带到安市警察局。我看到工人们严肃的面孔、无助的表情，明显感觉到他们内心的焦躁和不安，他们有一种恐惧，他们不愿去警察局。我跟吴妙米乌建议，先不要带走他们。我说，在这样寒冷的天气里，他们被圈了好几个小时，也有好几个小时没吃东西了，贸然把他们带走，一定会引起骚乱，应该让他们先回宿舍暖暖身子，我们应该给他们发放食物、安抚他们，让他们的情绪先稳定下来，我相信他们中大部分来到这样偏僻的深山里是为了赚钱养家的，不是来放火烧山的。吴妙米乌接受了我的建议，先安抚工人，他先给工人们发表了一通讲话，然后他让我代表公司也表个态。我站在一个油桶上，放开嗓子说："工友们，今天的情景，是我们大家都不愿看到的。我们来这里做项目、做工程，希望给大家创造工作的机会，希望给大家带来好的收益。这一把大火烧掉了施工营地、烧掉了工程用的材料和设备，这不仅仅是中国公司的钱，也是缅甸国家的财产。这个项目是BOT模式，什么是BOT？就是说这个项目的所有资产都是属于缅甸国家油气公司的，属于缅甸人民。我们作为最大的投资人，只是代表各个股东、代表投资人来管理这个项目，我们只有管理权，而且30年后，这个管理权也要移交给缅甸国家油气公司。所以，这把大火烧掉的是缅甸国家的财产、烧掉的是缅甸人民的财产，而且这一把大火也推迟了工期。工程晚一天投产，国家就晚一天受益。大家从几百里外的城市、乡村，来到这个偏僻的大山里，远离家乡、远离亲人，我相信大家是来赚钱养家的，我相信大家还想在这里继续做下去。希望大家和我们一起来努力，解决眼前的难题，走出目前的困境。"

事情处理得很顺利，在这些工人们的帮助下，警察很快找到了放火的人。这时候天已经很黑了，我和我的同事跟随吴妙米乌的队伍驱车到附近建设部的招待所里去过夜。建设部的招待所给我们准备了晚饭，很丰盛。若开山的菜肴与中餐比较接近，也比较卫生，我能接受，但是我不习惯缅餐，也许是缅餐的味道过于强劲。就在我们刚刚开始吃的时候，吴妙米乌就拿出来他夫人前一天早上给他准备的牛肉，这是典型的缅餐，他说他夫人做的牛肉非常好吃。他非常热情，坚持让我尝一尝，盛情难却，我吃了一块。不知道是对缅餐味道的抗拒造成的心理作用，还是他的这份牛肉因为放了两天有些不新鲜，吃完后，我明显感觉胃不舒服。睡下后不久，便开始发烧，不是那种高烧，这种低烧让我有一种不祥的预感，这不是好的征兆。第二天早上，虽然我的体温没有下去，但是我坚持处理完云南建工集团营地被烧毁的材料设备紧急购置计划安排和工期调整，下午才往回走。在马圭住了一个晚上，体温似乎还是没有下去。因为发烧，没有胃口，第二天没有吃早饭，便匆匆赶往曼德勒。等到了曼德勒，见到公司总经理姜昌亮，才知道我们还没有向中国石油集团报告新康丹泵站的"火灾事故"，这是我们工作上的疏忽，按照规定，这样的事故是必须要上报的。姜昌亮指示我赶紧准备一份书面报告，等我完成这份报告已经是下午三点了，我一天没有进食，我从食堂要了一碗粥，吃完后，感觉好多了，好像也不烧了。

这一天是中国的除夕，是一个喜庆祥和的日子。曼德勒100多名中方员工和家属聚集在一起庆祝中国新年。除夕的晚宴场面很大、也很丰盛，免不了大家要推杯换盏、相互祝贺新年。我也很高兴，彻底忘记了自己已经发了两天烧，居然端起了酒杯开怀畅饮……等我回到宿舍，脆弱的肠胃开始翻江倒海，体温明显又高起来了，豆大的汗珠从发根往外渗。我夫人用冰冷的毛巾试图给我降温，一遍又一遍……在新年的钟声中，我不再奢求什么，只希望身体能够清爽一些，至少不要再烧下去了。也许大家温馨的新年祝福带给了我平静，第二天不烧了。春节我们有几天假，我夫人早早就预订了去额布里海滩的行程。休息了一天，身体暂时得到了恢复，我们启程从仰光去额布里，然而在机场，我们与姜昌亮不期而遇，他也去额布里度假，正好一路同行。当我们刚刚抵达额布里的丹兑机场，姜昌亮接到电话通知，说缅甸副总统第二天要去马德岛考察。丹兑离皎漂9个小时的车程，必须连夜出发。姜昌亮身边没有别人，只有我，没有选择，我必须陪同他一同前往。我带着虚弱的身体，又开始了漫长的旅行……

第四章 雾开云散

人们都说人有第六感觉，我总是觉得自己的肠胃有问题。在参加女儿大学毕业典礼的时候，居然说出了让我自己都很吃惊的话，我说："孩子，爸爸肠胃不好，你遇事要多跟妈妈商量。"7月底，我参加公司组织的体检，第二天就被要求复查，我心里还在犯嘀咕，什么毛病？需要来回复查？第二天早上我起来看见夫人在沙发上睡觉还觉得纳闷，我们没有吵架，你为什么要睡在沙发上？上午便接到通知，让我去301医院住院。晚上我带着行李，到了301医院，尤其令我吃惊的是值班护士给我交代手术前要注意什么、手术后要注意什么。我真的有点发懵，我还反问她，我是什么毛病？还需要做手术？她告诉我，既然不知道需要做手术，那就听医生的吧。我追问我夫人我到底得了什么病，夫人也没有回答我，只是敷衍地说，听医生的吧。301医院管理很严，不让陪床，十点刚过，我夫人就离开了病房。我找到值班大夫，这是一个实习医生，也许他没有太多的经验，我请他打开电脑，我要看看，我到底得了什么病。他打开了电脑，我让他调出第十病床的资料。我看到的资料是我做梦也没有想到的，结肠癌！我不知道我是怎么回到病房的，我也不知道我是怎么躺下的，脑子想的完全不是自己，一幕一幕像是放电影一样，满满的都是亲人，夫人、孩子、父亲……我还不到50岁，上有老、下有小，孩子还没有正式工作，父亲已经年过70岁……我躺在洁净的病床上看着窗外那一闪一闪的霓虹灯，心里想着等到天亮的时候，这盏灯就会被灭掉。虽然思绪万千，似乎并没有恐惧，反而觉得平静了许多。我拿起手机，想想，要不给孩子写点什么吧。手机在黑夜中闪着蓝光，我一幕一幕地回忆孩子的成长历程……

"孩子，你出生的那天，爸爸站在手术室的外面，心中期盼你是个男孩，着急的等待中，手术室的门开了，接生的护士阿姨告诉爸爸你是个女孩，我没有期待中的那份激动，你很平静地来到了我们的生命里……

"从医院回到家，每天晚上妈妈抱着你入眠，给你唱你还听不懂的歌，你闭着眼睛听，妈妈的声音很美；每天清晨爸爸抱着你在外面散步，跟你说你还听不懂的话，你睁着眼睛看，爸爸的表情很热闹；每天工间休息的时候，爸爸总是要跑回家，抱抱你、闻闻你身上的奶香，告诉妈妈你是上帝送给我们的礼物，你是天使……

"2岁那年，那是一个星期天，爸爸工作忙，骑自行车带你去加班，回家的时候，你特别高兴，坐在自行车的后座上，手舞足蹈，一会儿从后座上站起来，一会又坐下去，可是突然你的小脚被卡在自行车的辐条里，你很坚强等着爸爸和路人慢慢地搬开自行车的辐条把你的小脚抽出来，晚上你的小脚肿得像馒头似的，妈妈出差不在家，爸爸第一次为你流下眼泪，从那一天起，爸爸就知道你长大了一定会很坚强……

"3岁那年，你随爸爸妈妈回湖南老家乡下过年，那是个雪天，特别冷，但是你和乡下的孩子们一起嬉戏玩耍，满身是水、满身是泥，你不知道脏、不知道冷，你只知道这就是快乐、这就是高兴……

"4岁那年，爸爸带你到大连出差，下火车的时候，爸爸说孩子别动，爸爸要收拾行李，可是转眼你不见了，爸爸似乎被闷头打了一棒，孩子丢了？你自己下了车，一个人静静地站在离车厢不远的一个出站口,爸爸觉得心要从嗓子眼里跳出来了,你很平静,你不知道世界有多大,世界有多少人,你只知道世界有爸爸有妈妈……那也是你第一次看见海,爸爸蹲着身子,你站在爸爸的身边,小腰靠着爸爸的膝盖,爸爸用手指沾了一点海水让你尝,你第一次知道海水是咸的。第二天爸爸开会,你就坐在爸爸的身边,爸爸给了你一张纸、一支铅笔,你安安静静地在那里画海、画海里的船、画海边的房子,大家都说你很乖,爸爸觉得很有面子……

"5岁那年,爸爸带你去庐山开会,那是大会,爸爸没有办法带你去会场,只有把你放在宾馆,你不哭不闹自己看书、看电视,我们开了三天会,你在房间里待了三天,其实每天爸爸都很担心你一个人在房间里。开完会,我们去爬山,你不要背、不要抱,坚持自己爬,好多大人都爬不动要坐滑竿,你坚持自己走,大家都说这孩子有出息,爸爸觉得很得意……我们经过聪明泉,传说喝了聪明泉的水,孩子会很聪明、能考上好大学,大家都用手给你捧水喝,你喝了很多,你第一次知道泉水是甜的……

"8岁那年,爸爸在澳门工作,你很长时间没有看见爸爸,妈妈带着你去看爸爸,爸爸到广州火车站去接你们,你一下车老远就看见了爸爸,大声呼喊爸爸爸爸,用百米冲刺的速度扑向爸爸的怀抱,站台上的人似乎都被感动了、空气似乎凝固了,大家都在看着这一幕,爸爸也张开双臂迎接你,但是被巨大的冲击力给冲倒了,等爬起来的时候,左胳膊已经脱臼了,爸爸虽然疼痛无比,但是,眼里却是高兴的泪花……

"11岁那年，你随妈妈到美国，爸爸到纽约肯尼迪机场去接你们，你见到爸爸后，死死抓住爸爸的手不放，说不能离开爸爸，离开爸爸就再也找不到爸爸了，这是爸爸第一次感觉你知道什么是害怕……到了波士顿后，爸爸专门选择了一所离家最远的学校，让你有更多的时间在路上与美国孩子交流，开始的时候，你说那些黑人孩子欺负你、骂你，你让爸爸去给你摆平，爸爸告诉你，自己的事情要自己处理……没有多久，你便有了美国朋友，有来自韩国的女孩，还有来自海地的女孩，三个月后，你就可以帮妈妈做翻译了……你开始喜欢美国，你特别喜欢学校的比萨饼，你喜欢美国的science课，你知道上网了，你知道自己做presentation……，那年你学会了很多的东西，爸爸至今还保留你那段时间在美国的学习成绩……

"16岁那年，爸爸和你一起申请美国的大学，国庆节后，我们递交了所有的申请，11月12日Drexel大学招生老师到北京来面试你，14日我们就收到了Drexel的录取通知书，爸爸妈妈欣喜若狂，孩子考上大学了！春节你陪同爸爸妈妈到缅甸，那年我们见了缅甸很多的大人物，你第一次对什么是事业有了认识，你说爸爸做的才是事业，然后你要报考国际关系专业，向Wellesley College提交了申请，很快就收到了Wellesley College的录取通知书，但是在2010年3月，我们收到了不经意填报的波士顿大学的录取通知书，三个学校都是你想去的，你第一次面临人生的选择，Drexel和Wellesley College有你梦想的专业、波士顿又是你向往的学校和城市……

第四章 雾开云散

"17岁那年,你独自一人赴美求学,爸爸妈妈到机场送你,看着你只身一人消失在涌动的人潮中、想着你小小年纪远渡重洋、独闯世界,妈妈万千牵挂、泣不成声,头靠在爸爸的肩上希望得到爸爸的安慰,可是爸爸一边说着没事没事,一边早已是泪流满面……

"也是17岁那年,你开始了你波士顿大学商学院的大学生活,你很努力,你废寝忘食,你听不懂课,爸爸妈妈给你打电话,你总是在哭,总是担心考试通不过,我们知道,你实际上跳了三级,你没有读过中国的初一,就直接进入了初二,你初中没有毕业就直接进了高中,你高一读完,就又跳到了高三,爸爸妈妈知道你的数学课程学习是不连续的、数学基础显然不扎实,没有数学基础读商学院肯定是挑战,但是你很争气,你通过了所有的考试,爸爸妈妈为你骄傲……

"18岁那年,你到大宇实习,你写的韩语申请实习的信让韩国朋友认为是韩国人写的,你说你自学韩语,爸爸妈妈不信,但是听这位韩国朋友说完,我们很吃惊,因为你没有在课堂里学过一次韩语课,也是你18岁的那年,妈妈带你去韩国,你帮妈妈做韩语翻译,让妈妈的代表团都很吃惊,爸爸妈妈为你自豪……那年你用你自己赚的第一份工资,给爸爸妈妈买了礼物,然后把剩下的钱都给了妈妈,你给爸爸买的剃须沫,爸爸一直舍不得用,因为那是你给爸爸的第一份礼物,爸爸觉得很温馨……

"孩子,你大学毕业了,你将有自己独立的生活,以后的路就要靠你自己,爸爸相信你,无论多大的困难,你都能克服，我知道你有你自己的理想，你有你自己的目标，你会努力，你会梦想成真！"

我已经走到了天堂的附近，但是老天爷还没有做好迎接我的准备，我还要继续前行，去往喧闹的人生！经过一年半的治疗和休养，我又找回了自己健康的身体，我要回到我的工作岗位。我给公司姜昌亮和公司管理层写信，说："衷心地感谢你们周到的安排和无微不至的关心，让我得到最好的治疗，我已经康复。我知道现在是《原油管道运输协议》谈判最为艰难的时候，这是原油管道投产之前最后的一个协议，我愿意以一芹之微、杯水之力为谈判做一点贡献……"

2017年4月10日，对于中缅原油管道项目而言注定又是一个里程碑式的日子，中缅双方代表在北京签署《中缅原油管道运输协议》。同日晚间，停靠在马德岛港原油码头的远洋油轮，开始向罐区卸载来自阿塞拜疆的14万吨原油，历经

参加原油管道的投产

数年建设和筹备的中缅原油管道工程正式投运"。那天，我从曼德勒飞往皎漂，乘一叶快艇赶往马德岛去参加投产，心中感慨万千，写下了一副对联：云开雾散，万里江河已归海；风平浪静，一叶轻舟向未来。

第五章

命运与共

中缅天然气管道在全球的关注下投入运营，2013年10月20日，中国石油天然气集团公司宣布来自缅甸孟加拉湾的天然气在广西壮族自治区贵港市点燃，标志着中缅天然气管道干线全线建成投产。中华人民共和国国务院国有资产监督管理委员会网站在这一天发布消息说，今后，每年将有120亿立方米天然气造福缅甸和我国西南地区，从此结束我国云贵高原没有管道天然气的历史，使上亿民众受益……很多的国际知名媒体也做了相应的报道，德国《明镜》周刊网站发表题为《中国和缅甸开通天然气管道》的文章说，中国已经开始从缅甸进口天然气，这是一个具有里程碑意义的事件，标志全球最大能源消费国拓宽其战略性的能源供应渠道，开始从印度洋获取能源资源。欧美媒体在关注管道开通给中国的战略布局带来的变化，中缅两国的媒体在欢呼管道开通带来的实惠，但是有一批曾经为管道建设做出贡献的缅甸当地人，他们没有被关注，他们无论如何也高兴不起来，他们就是印度承包商庞吉劳德的当地分包商。他们完成了庞吉劳德分包给他们的工作，却拿不到庞吉劳德应该向他们支付的费用，此时的庞吉劳德在印度国内没有大的管道项目、没有收入来源，国际上的其他工程项目也多因工程进度问题或者索赔结算纠纷与业主陷于争执、纠缠之中，同样也没有收入来源。为了投标和执行中缅管道项目，他们从印度国家银行借贷了4000万美元，因为不能按照约定还款，中缅管道项目的工程款项只要进入庞吉劳德的银行账户，就会立即被银行执行冲抵贷款。庞吉劳德不得不停止支付当地分包商、供货商的款项。当地分包商、供货商很绝望，他们四处奔走，找当地政府、找缅甸国家油气公司和能源部。当地政府无能为力，缅甸能源部也无能为力。当地分包商、供货商的诉求被不断地转给了东南亚管道公司，此时，原油管道项目正处在最后的冲刺阶段，工程进度缓慢停滞、物资设备运输困难、雨季逐渐逼近……东南亚管道公司总经理姜昌亮说："当中国政府和缅甸政府的朋友们正在享受天然气管道建成投产带来的成功喜悦的时候，我到了最困难的时刻。庞吉劳德承担的原油管道项目进度严重滞后，为了保证进度，我在不停地切割庞吉劳德的工程量，因为工程紧急，我甚至来不及跟他们商量，我又没有办法向他们支付更多的费用，担心他们剩下的钱不够支付被切割下来的工程量，而庞吉劳德拖欠分包商、供货商的付款压力又通过缅甸政府甚至中国政府转到了我的头上，我不得不考虑分包商、供货商的诉求。我们是30年的项目，在未来30年里，我们离不开当地人民的支持和帮助，我承受着巨大的压力……"。姜昌亮，刚刚从退休的张加林手中接过中国石油东南亚管道公司总经理的大印，便遭遇到了中缅管道 1A 标段 EPC 承包商庞吉劳德的财务困境，他决定成立"索赔和反索赔办公室"，他要让这个办公室处理庞吉劳德工程量切割带来的合同变更，处理庞吉劳德的分包商、供货商的合同付款等一系列的问题，蔡哲被任命为这个办公室的负责人。

一、同舟共济

2013 年 10 月下旬的一个周五下午，蔡哲带着他的团队从皎漂赶到庞吉劳德仰光办公室，他被眼前的场面震住了。庞吉劳德整个办公大厅挤满了缅甸人，连庞吉劳德主管采办、施工经理和总经理的个人办公室里面也都挤满了情绪激动的缅甸人。

蔡哲回忆说："他们吵吵嚷嚷，现场气氛十分喧闹，我听不懂他们说什么，但是他们的语调和声音透露出他们的激动。看见我们进来，他们闪开了一条道路，像是看到了希望，我跟他们点头、微笑、伸手打着招呼。庞吉劳德给我安排了一个大厅里的办公桌，很简易、也很不结实，摇摇晃晃的，我们从旁边拽过两把椅子背对着墙、面向着大家坐下来。当我正要掏出电脑的时候，人潮一下子就汹涌过来，把我围在一个两平方米的狭小空间里。办公桌立即感到了压力，晃动了，我将拿出一半的笔记本电脑又塞进电脑包，并将它放在靠墙的地上，尽可能地偏角落一点。他们用缅语朝我大声嚷嚷，他们很愤怒，我面带挤出来的微笑，用英语朝他们说，请冷静，慢慢说，一个一个说。他们发现我不懂缅语，就一边大声地叽里咕噜，一边朝我伸出手指比画着。这时候前排靠我办公桌的妇女有站不稳的，朝身后喊叫着，后面的推挤稍微好了一点，我因此得以喘息。借机我扫眼发现有几个华人，就招呼其中一个到办公桌前面来。我请他转告大家，让大家不要激动，告诉大家我今天来就是为了帮助大家解决问题的。庞吉劳德没有支付他们的分包款项，我们也很着急，这次来就是推动庞吉劳德解决他们的付款问题的。这个华人转过身，举起左手晃动着，为自己找了一个平衡，然后高声地把我的话用缅语转达给大家。这时，人群有激动嚷嚷的、有故意起哄的、有稍微平静的、有静观其变的。有人责问我，为什么不给庞吉劳德付款，因为业主不给庞吉劳德付款所以庞吉劳德没有钱给分包商付款。我拿出准备好的数据，让华人翻译大声地告诉了大家，不是我们不给庞吉劳德付款，而是庞吉劳德被银行冻结了收入。知道事实的真相后，大家的目标都转向了庞吉劳德，而且情绪却更激动了。有的人赶紧问我，还有多少合同款项没有付给庞吉劳德，要求一定不能再付了，否则庞吉劳德拿到付款又不付给他们。我又让华人翻译告诉大家，我们一直在监控庞吉劳德给缅甸当地各家分包商的付款，缅甸国家油气公司和缅甸政府也一直要求我们确保大家收到款项，我这次来就是要搞清楚庞吉劳德究竟差欠了大家多少钱。我拿出笔和本子，准备一个一个地了解分包合同内容、合同金额、付款情况。办公桌都一直在晃动，我不得不又让这个华人翻译帮忙张罗请大家稍微退一退，不要这么挤。但这时候大家仍然特别激动，他的喊话都被淹没了。

"我让翻译一遍一遍跟大家说，请大家准备好自己与庞吉劳德的合同、发票等，一个一个前来，我做登记。我让同行的小伙也拿出笔和本子，另找一张桌子坐下做登记。情况似乎好一点，坐在桌子前面的，终于有机会一吐为快了，他们不停跟我抱怨他们给庞吉劳德干了什么活，到现在为止庞吉劳德都没有给他们付款，或者是仅仅给他们付款了多少，欠他们多少多少，要求我们业主一定要给他们钱。有些人能用简单的英语和我交流就直接交流，不能交流的，他们就让身边的华人朋友帮忙翻译。我翻看他们提供的材料，记下工作内容、金额等，然后态度诚恳地请他们今天先回去等消息，承诺他们一定会处理好，近期会让他们收到款项。

"登记工作进展有点慢，两个钟头过去了，才登记了5个公司。人群后面又骚动起来了。一个身材高大的中年人带头哄闹起来，要求中国石油立即给他们付款，而不是催促庞吉劳德付款。他们一直称呼我们为"中国石油"，他们不知道我们是合资公司。然后，大伙都一哄而上，'我们要中国石油付款、我们不要庞吉劳德付款'。这时候，有人抄起庞吉劳德办公室的椅子砸办公桌。砸东西的声音把庞吉劳德的项目经理阿图先生从自己的办公室惊了出来，这时候不知谁是有意还是无意将一台电脑从一个办公桌上扫到了地上，多亏有各电源线拉扯着，没有砸烂，没有爆炸。阿图先生很生气了，但又找不到具体的发火对象，只能情绪激动地用印度英语嚷嚷着，很无奈地自己将掉地上的电脑搬到桌子上放好。缅甸人将走出来的阿图先生围在桌边，声色俱厉地问他什么时候能给钱，威胁要求阿图快给钱,不然把他们的电脑全搬走。阿图为人很圆滑,立即就回答说他们正在和中国石油协商,请中国石油代庞吉劳德直接将款项支付给承包商和供货商。

"我这次去仰光,并没有代付款授权,不能承诺代庞吉劳德向承包商和供货商直接付款,此行的目的是搞清楚庞吉劳德究竟欠了缅甸当地分包商多少钱,然后决定必须给庞吉劳德支付多少钱才能解决分包商问题,推动工程实施。经阿图先生这么解释,这一帮人立即又向我围了过来,要求我承诺给他们直接付款。其中有些情绪激动的,更是摩拳擦掌。我却渐渐地冷静了下来,他们的目的就是要钱,他们之中没有混进来专门闹事的,他们也不敢打人,即便是砸坏的东西、那些东西也都是庞吉劳德的,如果打人,他们也得先打庞吉劳德的人员吧,毕竟是庞吉劳德欠钱不给,我们中国石油这时候是帮他们解决问题的。如此一想,我轻松多了,他们不会打我的!我就站在那儿,和颜悦色地听着他们吵吵、嚷嚷一阵子。他们累了的时候,我让一个华人帮我翻译,'第一,我们这次来是帮助大家解决问题,是帮助大家尽早拿到钱。你们这样混乱的场面,我们无法开展正常的工作。像这种杂乱的场面,已经浪费了我们4个小时。第二,你们要求中国石油给你们直接付款,我现在就可以给上级打电话请示,也得给我空间和时间。第三,即使中国石油同意给你们直接付款,也需要搞清楚究竟该给你们付多少、付到什么账户。这些金额需要庞吉劳德和你们逐一核对、逐一确认。所以我希望你们现在别围着我起哄,让我打电话请示上级。你们现在就和庞吉劳德人员开始统计、核对欠款金额、支付金额、收款账户信息等，双方签字'。人群中有人认为我说得有理，大家乱哄哄的浪费了太多的时间，要求大家冷静，给我腾出空间、时间打电话。我掏出手机，准备往外走，到外面打电话，突然有人冒出来，不准我动，让我原地待着，怕我借机跑了，要求我的小伙伴出去打电话，我也只能无奈地答应他们。其实他们的确多虑了，我不可能跑，笔记本电脑还在身后，跑了如何向领导交代……我将阿图先生喊过来，让他安排人和现场的分包商、供货商立即开展欠款清理、账户信息登记，将要求缅元、美元、新加坡元等不同币种支付的分开统计，又通过华人翻译告诉大家，请他们立即核实收款账户信息，别在付款的时候出现任何问题，耽误给他们的付款。他们有些只是公司的普通员工，也需要请示老板；有些不知道具体的金额，也需要联系业务人员核实具体数字；有些不知道银行账号，也需要联系财务获取相关信息。如此一来，我这儿的压力立即减少了，围着我的人群慢慢散去，有出去打电话的，有和庞吉劳德对账的……

"大约20来分钟后，打电话请示领导的同行小伙回来了，公司领导同意代庞吉劳德直接给今天到场的缅甸各分包商、供货商付款。我让华人翻译将这一好消息告诉了大家，请大家抓紧时间尽快完成和庞吉劳德的确认和签字，并告诉他们我今天会一直待在这儿，直到他们签字完毕，拿到庞吉劳德同意业主给他们直接支付款项的授权我才能回宾馆。这时候，我发现有些缅甸人脸上终于露出了微笑，他们也不再守着我了，也有女士经过我身旁时羞涩地对我行见面躬身点头礼了，也有先生过

第五章 命运与共

来跟我搭讪说谢谢中国石油，帮助他们解决了大问题。他们知道直接找我们不对，跟我们没有合同关系，但他们的确没有办法，抱怨庞吉劳德不给他们付款。这时候都晚上7点半了，大厅里拿着手机的缅甸人进进出出，欠款确认登记慢慢进行着，偶尔传来他们高声的不满，他们为金额对不上和庞吉劳德争吵，但总体都算顺利。有人问我什么时候能拿到钱，明天行不行？后天行不行？我只能面带笑容地跟他们解释，既然公司同意直接代付给他们，请他们放心，我们争取一周之内办完相关的审批手续。银行付款也需要分批次进行，比如说今天支付所有收款币种为缅币，收款行为KBZ银行的，明天支付所有收款币种为美元，收款行为MEB的。这么跟他们解释后，他们也都能理解。我将我的E-mail地址留给他们，也收下了他们的联系方式，承诺只要付款后立即将付款凭证扫描发给他们。然后，他们就客气地拜托我一定帮忙早点付款，他们很需要这一笔钱，庞吉劳德拖延了他们好久好久。看着他们一脸的虔诚，我体会到了他们的无奈，慢慢地放下了心中几个小时来遭遇的不快。缅甸老百姓，多为信佛之人，本来就很善良，少有恶意。这天晚上，一直忙到凌晨2点多，我们和代表88家承包商、供货商的196名缅甸当地人与庞吉劳德一起核实了每一笔欠款，确认需要代付金额和收款账户信息，一家家地签字、盖章。庞吉劳德又分门别类地汇总需要业主代付缅币、美元、新加坡元金额各是多少，起草委托函，委托业主庞吉劳德向88家缅甸当地分包商支付948万美元。业主后来大约花了一个月的时间、分了10个批次才完成全部88家的付款，共涉及收款银行18家。我们在付款后第一时间将付款凭证通过邮件发给分包商和庞吉劳德……"

二、鏖战伊江

黑夜来临，当我们沐浴在明亮如昼的日光灯下的时候，我们一定不会忘记博学多才的发明家爱迪生，是他发明了电灯，照亮了世界，从此世界再也拒绝不了电灯的魅力。他不仅是个发明家，他还是个企业家，他试图把电灯变成商品，他创办了发电厂，他谨慎小心地使电力价格具有高度竞争力。他的第一个示范性的发电厂就在纽约市的下曼哈顿，华尔街就在这个地区。1882年当他站在银行家J.P.摩根的办公室里扳动发电厂发电的开关的时候，他不仅仅照亮了世界，他同时打开了一扇新工业的大门——天然气发电。后来人们把天然气的用途拓展到供热和举火烧饭上，天然气开始与石油并驾齐驱。这种被人们称为化石能源的东西，从此就没有离开人们的生活。

让我们回到天然气管道的起点——皎漂，这个孟加拉湾东岸若开邦的小镇。街道两边一排排低矮的铁皮房、一片片精致的吊脚楼和三三两两的小茅屋，在椰子树的暮色中，与城镇里狭窄的砂石路一起，随着夕阳西下，慢慢消失在夜幕中。随着中缅天然气管道的正式开通，这个小镇在黑夜中明亮起来了，从此成为孟加拉湾东岸的一颗"明珠"，天然气发电照亮了皎漂、也照亮了若开邦大大小小的城镇和乡村。我们再顺着管道走过缅甸马圭省、走过曼德勒省、一直走到中缅边境，管道沿线建起来的不仅仅是发电厂，还有炼钢厂、水泥厂和玻璃厂。天然气照亮了乡村，给城市带来了活力，让更多的农村劳动力走出乡村、走向城市。天然气管道在缅甸已经和千家万户的民众连在了一起、和大大小小的工厂连在了一起。

无论是天然气管道还是石油管道，管道的设计都十分复杂。管道所经过地区的温度、管道内流动介质的速度和管道内的每一点压力，以及阀门开关等运转动作需要用一种高级自动控制软件进行控制，这种自动控制软件名叫数据采集与监控系统（SCADA）。这种控制软件被安装在管道控制中心的计算机服务器里，通过这种控制软件，坐在控制中心的工程师们可以看到和控制管道的运行。控制中心就是管道的神经中枢，管道任何一点的波动，神经中枢都会有感觉。掌握控制中心的工程师们都是需要经过严格的挑选和培训，还需要在现有的在役管道上积累一定的操作经验才能在新的管道项目上岗工作。东南亚管道公司控制中心的工程师们，在管道还没有建成的时候，就被送到全球知名的管道公司——加拿大 Enbridge 公司进行培训，在那里他们需要学习流体的性质、流体力学基本原理，需要掌握设备的功能、泵和压缩机的特性、管道控制的方式、管道平衡等复杂的基础理论，还要通过仿真培训软件，在计算机上不停地模拟操作阀门开关、压缩机启停、调节阀设定、全线压力流量的调节等。然后，他们被送到了中国石油设在北京的油气调控中心去进行实际操作、积累经验。北京油气调控中心是中国石油全球 5 万多千米管道的运行调控中心，中国石油所投资的所有管道都受到这个调控中心的监视和控制，东南亚管道公司控制中心的工程师们被安排在中国最大和最复杂的天然气管道"中国西气东输管道"上实习。控制管道就像驾驶汽车，需要耐心细致、注意力集中，要做到"眼疾手快，胆大心细"。在发生紧急或异常状况时，要快速发现；在发现问题后处理要及时快速；既要能够按照操作规程大胆操作，不畏畏缩缩，又要耐心细致，一定不能出现操作错误。

2017年8月24日对于东南亚管道公司调控中心的叶德伦来讲是一个很不平常的日子。这一天管道运行安全平稳、设备运行正常，长时间注意力高度集中地盯着计算机屏幕，让他脑袋发沉。时针正在慢慢指向下午18时，半个小时后，他将完成当天的值班，把工作移交给他的同事。但是当时间到了17时56分的时候，调控中心的宁静被尖锐的报警声打破了，所有SCADA系统的计算机屏幕，满屏都是报警灯在闪烁。屏幕显示天然气管道的皎漂首站、二号阀室、四号阀室、六号阀室的通信中断，原油管道的马德首站、二号阀室、新康丹泵站、五号阀室、八号阀室的通信中断。他立即打开管道通信状态图，发现天然气管道六号阀室向下游方向的光缆通信中断，仁安羌分输站向上游方向的光缆通信中断，原油管道八号阀室向下游方向的光缆通信中断，十二号阀室向上游方向的光缆通信中断。一个可能的事故判断出现在他的脑海里——光缆故障。他跟值班同伴说："SCADA系统也可能出现故障，不能仅仅以SCADA系统报警来判断为光缆通信中断。"他的同伴说："还有什么可以作为光缆通信中断的判断条件呢？"他在思索，光缆主要是用于数据传输，工业电视监控系统和站场电话系统也是通过光缆进行数据传输的，光缆通信中断后，站场工业电视监控和电话都会出现故障。"请立即给站场打电话，并查看工业电视监控系统，确认是否为光缆中断。"两分钟后，同伴告诉他，相关站场及阀室电话不通，相关站场工业电视画面也中断了。叶德伦紧急呼叫技术中心："这里是调控中心，根据SCADA系统报警、工业电视监控系统及站场阀室电话系统故障，可以肯定管道光缆中断，位置在原油管道八号阀室到天然气管道仁安羌站之间。请尽快协调现场查找断缆具体位置，并协调恢复。"同时，同伴立即打电话报告公司管理层管道发生了光缆中断事件。

半小时后，调控中心的电话响起："这里是通信恢复现场组，光缆断点已经找到。"他紧绷的神经随之放松下来，按照经验，4小时内光缆就可以重新接通。"但是断点位于伊洛瓦底江水面以下，怀疑由于江水水流冲刷，导致管道漂管。"叶德伦放松的心情，一下又紧张起来了，一个巨大事故隐患的画面出现在他的脑海，伊洛瓦底江江底光缆管道已经被冲出江底，而且被湍急的江水冲断，油气管道是否冲出了江底，漂浮在湍急的江水中？管道安全已经成为最为严重的问题，他不能想象一旦原油管道被冲断，管道里的原油将会顺江而下，污染整个流域，这将是一场灾难……

叶德伦告诉同伴："立即按照应急汇报程序报告领导，光缆断点位于伊洛瓦底江，同时怀疑原油及天然气管道已经出现漂管。"同时他拿起电话，通知管道沿线各个站场："紧急呼叫，各站请注意，目前怀疑伊洛瓦底江出现管道漂管，请暂停站内一切工艺流程操作，保持目前运行状况，等待下一步通知，同时请加强站场压力和流量监护，如有异常请及时汇报。"打完电话后，他立刻将站场及阀室的压力报警值进行了设定，以保证压力异常变化时能够尽早发现、及时处置。

暮霭越来越浓，夜色重重地压住了伊洛瓦底江，夕阳下那片绚丽的黄昏，随着夜色的来临，正在慢慢消退，江上的那一叶小舟就像一幅剪影，在波光粼粼的衬托中，显得格外的宁静。无声的江水掩饰不住曼德勒管理处处长、管道运行与维护专家王强心中的焦虑，那一叶小舟上有他要等待的蛙人（即潜水员），他在等待蛙人一天的水下作业带回来的信息。

8月24日，他在曼德勒总部参加了由中缅管道项目总经理张强主持的紧急会议，王强得知穿越伊洛瓦底江的光缆在江心岛东岸断裂，原油和天然气两条管道可能已经露出江底、漂浮在湍急的江水中。张强在会上签发了《伊江险情处理的应急预案》，王强负责的曼德勒管理处被指定为伊江险情处理的责任部门。第二天，他立即安排声呐设备对江底进行测试。测试结果出来后，他无论如何都不敢相信，又测试了一次，所有的数据都显示两条管道已经露管悬空，漂浮在江水中。他希望这个数据不准确，8月26日他专门从仰光请来了两名蛙人，让他们从上游100多米的地方下潜到20米的江底，顺流而下，再拖着长长的缆绳去扫测江底。如果江底的两条管子真的悬浮在江水中，蛙人手中的缆绳一定会被悬浮的管子挂住，他们便可以在那个位置去触摸管道真实的悬空情况。蛙人沿着江面宽度方向每隔20米往下漂一次，他希望蛙人摸不到这两个管子，以便印证声呐设备的结果是错误的。两名蛙人很努力，每天早上8点出发，9点下水，一次一次地漂流、一次一次地潜水，似乎每一次结果都是王强想要的——没有露管，但是，他心里比谁都清楚，这样的结果不踏实。张强似乎对蛙人三天的水底调查结果也不满意，他决定委托一家有经验的公司用声呐的方法对江底的情况再作一次全面的检查。9月5日至7日，曾参加过马德岛航道测量的公司被调往伊洛瓦底江。经过两天的全面检查，结果似乎已经在大家的意料之中，70米长度的管道露管悬空，最大悬空高度3米。庆幸的是管道建设初期敷设在上游的一对备用管（一根原油管道的备用管、一根天然气管道的备用管）还没有被冲出江底，目前还是安全的，这给张强留下一丝慰藉。

张强、王强带着一班人马站在伊洛瓦底江的东岸，他们试图拿出一个方案来应对眼前的困境。他们想把在役的这段江底管道切换到备用管段上去，但是，因为伊洛瓦底江整个流域都处在亚洲西南季风地区，气候水文状况明显受西南季风的支配，每年从5月中旬开始至10月底，季风盛吹，雨量丰沛，江水水位高涨。现在正是雨季，水位已经接近历史的高位，远处两三公里宽的江心岛完全淹没在水里，汊河和主河道已经完全连在了一起，他们的眼前是一片十多公里宽的水面，烟波浩瀚、汪洋无边。备用管的切换要在旱季进行，必须利用江心岛的管道穿越点。距离10月底雨季结束还有两个月，备用管切换施工还需要一两个月的时间，管子能不能熬过这三四个月的时间，是张强必须要考虑的问题。他邀请中国石油大学的教授实地勘测、综合研判。教授的意见暂时让他吃了一颗定心丸，教授说，管道本体目前安全，从长远来看需要换管。

2017年10月9日，中缅管道备用管切换方案被呈报到缅甸国家油气公司。他们似乎没有准备，他们关心与天然气管道联通的发电厂、炼钢厂、水泥厂和玻璃厂的天然气气源保障，如果没有天然气供应，这些厂子将停工停产，政府的压力将是巨大的。当天我便接到缅甸国家油气公司副总经理吴丹敏的电话，言谈之中，我明显感觉到了他的担心。我告诉他备用管切换过程中因为上下游管道内尚有存气，应该可以支撑一段时间，公司也已经安排生产部门的人员到缅甸国家油气公司与相关的人员进行对接……

2018年2月20日，26辆货车装载着30台套机具设备、32台工程车辆和22台油罐车浩浩荡荡地开往仁安羌，一场挑战空前、任务艰巨的管道动火作业开始了。

仁安羌，这个亚洲最早开发的油田，因为盛产石油而得名（仁安羌在缅语中是"油河"的意思），这是英国石油公司（BP）发迹之地。1886年一个叫伯马石油（英国石油公司的前身）的企业在这片土地上开始收购缅甸农民用原始方法采集的原油，提炼之后运到印度市场上去销售，在后来的几十年里，伯马石油一直就没有离开这片土地，但是，第二次世界大战打破了这里的宁静。1942年3月，日军对仁安羌油田发起进攻，将7000多名英军和500多名随行人员包围在了仁安羌，英军十万火急地向中国远征军求援。刘放吾团长和他的800多名战士被派去解围，于是一场让世界震惊的战斗——"仁安羌大捷"

在这里发生。刘放吾和他的800多名战士在平墙河南岸，顶着烈日酷暑，与日本军队进行了一次又一次的厮杀，被日军的飞机和火炮一次一次地狂轰滥炸。流淌在中国军人血液中那种战斗至死的精神，让刘放吾和他逆境中的全团战士爆发出巨大能量，彻底攻下被称为501的战略高地，让这7000多名英军和500多名随行的新闻记者、传教士、平民得以突围，但是202名中国远征军的战士从此长眠在这片高地。为了祭奠这202名忠魂，2013年1月13日刘放吾将军的后人在501战略高地建立了"仁安羌大捷"纪念碑。也许是历史的巧合，中缅天然气管道在这一年建成投产，而从这条管道向仰光分输天然气的仁安羌分输站就建立在离这片高地不过2千米的地方。

2018年2月25日，中缅管道备用管切换动火作业准备就绪，张强带着所有参加动火作业的中方人员来到仁安羌大捷纪念碑前，他们来祭拜英灵、祈求英灵保佑备用管切换工程顺利。

祭拜纪念碑

这是一场没有硝烟的战争，这是一场不能失败的战争。特别是原油管道，一旦切换过程中有原油泄漏，立即就会汇入伊洛瓦底江中，这样的大型污染事故是完全没有办法补救的。中缅油气管道还是缅甸境内最大的两条管道，缅甸境内的社会依托完全没有条件支撑这样巨大口径的两条管道换管作业，没有专业化的维抢修队伍，没有专业化的维抢修装备，甚至连最为普通的宿营房都没有。张强只有着眼于自己现有的装备，自己来组织施工力量。为了保险起见，他调用了曾经参加管道施工的中国石油四川油建公司的焊工来参加高压封堵三通的焊接作业，邀请中国石油西南管道公司封堵技术人员进行保驾。

2月26日早上8点，八号阀室开始排油泄压，从这一刻开始，伊洛瓦底江备用管切换的现场便受到了来自各方的关注，北京的中国石油在关注，内比都的缅甸国家油气公司在关注，当地政府也在关注……他们和现场的张强、王强一样承受着巨大的压力，原油泄漏的环境事件是压在他们心头的石头，谁也不敢掉以轻心。

从2月26日到3月14日，对于中缅管道的管理层来讲是最为漫长的17天，他们每个人的桌子上都有一台"断缆应急"专用电话，似乎每一个人都特别害怕这部电话的铃声响起。他们每个人的手机都会收到实时信息，这些信息至今还保留在我的手机上："2月26日8:00开始中缅天然气管道第一次停输，八号阀室原油压力从10.87兆帕降到3兆帕，排油67立方米，下午3:00完成。动火作业现场压力约在3.1兆帕……2月28日早上7:00完成封堵三通横焊缝焊接；

伊洛瓦底江换管

8∶00开始焊接封堵三通环焊缝，焊接DN100和DN50溢流、平衡孔短节，23∶00焊接全部完成。总计焊接时间为38小时……3月8日6∶30开始下封堵，封堵段泄压至1兆帕，验证封堵严密性。西岸排放原油40立方米，西岸下3号封堵，排放封堵段原油。切管、清理管口、打黄油墙、可燃气体检测，组对，21∶30开始焊接……3月12日注氮气推送清管球排油。14∶45江心岛排气孔气体排放干净，见油，关闭阀门，对短节进行封堵。继续推送清管球排油，清管器到达西岸，推球排油工作完成……"当我收到3月12日的这条短信的时候，我已经明显感觉到最为艰难的时候过去了，原油泄漏的风险已经消除。让所有的人压在心上的石头落下的是2018年4月4日《中国石油报》发布的一则消息，消息说："因河流改道所致重大安全风险被根除……连续17天的中缅原油管道备用管切换作业顺利完成,旧管道内的原油全部推回新管道,无一滴外漏。3月27日开始的天然气管道备用管切换仅用了3.5天。中国石油境外长输油气管道首次大口径、高压力、长距离同时换管作业圆满完成。"

三、城门鱼殃

2018年6月10日,一声巨大的爆炸声打破了中国贵州省晴隆县沙子镇三合村深夜的宁静。三合村以及周边村寨的村民们都被震醒,火光满天,山上一团团明火猛烈地向四周燃烧,村民们顾不上穿衣服和鞋子,便冲出家门、跑向另外的一个山头。这是中缅天然气管道中国境内段发生的燃爆事件,根据中国新闻网第二天的报道,事故导致24人受伤住院,事故现场的工地已建成的几栋五层高的楼房和周边的树叶、青草被烧得枯黄……

事故发生的第二天,东南亚天然气管道公司便致函缅甸国家油气公司和各股东,通报了事故的基本情况。东南亚天然气管道公司的这封信并没有引起他们的重视,因为2017年7月2日也是在这个地方、因持续强降雨引发边坡下陷侧滑,挤断输气管道,引发过一次天然气泄漏燃爆,但是管道很快就被修好了,所以,缅甸国家油气公司和各股东认为2018年6月10日被炸坏的管道很快也会被修好。但是东南亚天然气管道公司6月底发过来的月度报表中显示的输量数据完全超出了缅甸国家油气公司的想象,输量已经降低到正常输量的10%。

我接到了副总经理吴丹敏打来的电话，询问天然气管道输量怎么会降到这么低，难道昆明不用天然气？我告诉他，根据2017年的数据，云南的天然气用量很少，只有4.5亿立方米，大部分天然气继续向东，被输往贵州和广西，最后进入中国东部的天然气干线管网。这次贵州天然气管道的爆炸，切断了中缅天然气管道的绝大部分用户，只有云南的用户没有受到影响。

从那以后，不仅仅是缅甸国家油气公司在关注，韩国、印度的股东也都坐不住了，似乎每周东南亚天然气管道公司都会接到他们的电话，或者收到他们的邮件……

2018年8月15日，我被邀请去内比都参加由缅甸国家油气公司主持、中国石油和韩国大宇国际参加的多方协调会，因为缅甸能源部长吴温楷将于8月18日到中国访问，缅甸政府希望通过吴温楷协调推进中缅管道尽快修复投用。缅甸国家石油公司的总经理吴妙米乌亲自主持了这次会议。会议一开场，吴妙米乌的发言就表露出一种少有的焦虑与急迫，他说："中缅管道的天然气出口总量差不多是我们国家天然气出口总量的三分之一，贵州天然气管道事件已经两个月了，我们已经有两个月没有向国家财政上交通过中缅管道销售的天然气和管输费形成的利润了。你们知道我的压力，我甚至被叫到国会去解释。这次部长访问中国是个机会，我想知道，我们有什么办法通过中国哪个部门来推动管道的修复？部长访问的第一站是云南，他要见云南省的省长。陈先生，部长跟云南省的省长说说能起作用吗？"

协调晴隆天然气管道爆炸事件

我接过吴妙米乌的话说："总经理先生，我们都知道中缅天然气管道每天输送着缅甸出口天然气的三分之一，我也看了缅甸商务部去年发布的数据，中缅管道的天然气销售给缅甸政府带来了差不多 10 亿美元的收入，天然气管道的管输费也有几千万美元的收益。管道修复本身不是问题，中国石油在缅甸管道建设的表现您也看到了，无论是从技术上，还是从工期上，都不是问题。我想向你通报的是，中国石油已经向当地政府递交了管道修复方案。贵州管道爆炸事件已经是第二次了。您也知道去年的 7 月份，也是在这个地方，发生过一次爆炸事件。两次爆炸事件对当地老百姓肯定有一定的负面影响，贵州当地政府不得不考虑老百姓的反应，他们也面临巨大的压力。他们需要对这次的事故进行详细的调查，希望通过调查找到问题的症结，找到避免再次发生相同事件的解决方案。当地政府对于中国石油方案的批复是慎重的，他们希望他们的批复意见是建立在对事故调查形成的最终调查报告的基础之上。所以希望您能够理解，我们需要给当地政府一点时间……"

吴妙米乌的言辞已经不是他一个人的态度，同样反映了缅甸能源部甚至国家领导人的态度。2017—2018年财年开始的时候，在首都内比都举行的联邦政府部门的全体会议上，缅甸财政委员会副主席兼缅甸国家副总统吴敏瑞向大会报告时说："2017—2018财年国家总财政收入预计将达到16.768万亿缅元（约112亿美元），国家总财政支出预算达20.896万亿缅元（139亿美元），国家财政总赤字预计达到4.128万亿缅元（27亿美元）……"3月16日的《十一新闻》发布商务部消息称："截至3月2日，缅甸2017—2018财年外贸出口130亿美元，天然气高居出口榜首，达到30亿美元。"中缅管道输量占缅甸天然气出口量的三分之一，加上天然气管道运输的投资分红和税收，缅甸中央财政从中缅管道取得收入超过10亿美元。两个月多的停输，已经造成了将近2亿美元的亏空，管道停输将会持续影响缅甸中央政府的财政预算。

2018年10月，当我电话告知吴丹敏中缅天然气管道恢复正常输气的时候，他说："这下总经理能睡好觉了，部长不会再催他了。"

四、心随风动

"冬天一来，入夜时，我就开始蜷缩在我们家惯用的中国毛毯里面。这些厚厚的棉毛毯盛行条纹或方格花纹，通常有绿色、红色及红褐色各种不同的图案。还是孩子的时候，我们就拥有自己的毛毯。记得那时我偏爱绿格子花纹的毛毯，一直用到它几乎变成碎布，我还坚持要用。如今，寒冬来临之时，第一条放置在我床上的毛毯，是我父亲的中国朋友们送给他的一条旧毛毯……"这是昂山素季在她《铁窗没有季节》里的一段话。一条中国毛毯在昂山素季的脑海里留下半生的记忆、半世的温暖。

当张加林乘坐螺旋桨飞机首次抵达皎漂的时候，机场的简陋让他吃惊：一条短短的跑道，四周都是农田，被铁丝网隔在跑道外的水牛慢悠悠地晃来晃去，一座低矮的平房就是候机楼，铁丝网将大厅隔成出发和抵达两个部分。走进皎漂镇，街道两旁的低矮铁皮屋、木屋甚至茅屋，让他感觉到这里的人们需要的不仅仅是一条毛毯，他希望他的项目能够给当地老百姓带来福音，他希望用仁爱来打开当地人民的心扉。他说："人们将会从我们的言行中学习和感受，我们的行为会影响他们的生活，当地人民是我们尊重和服务的对象，这样的理念是我们将来在当地受到欢迎的基础。"所以，他决定成立专门的机构——社会经济援助办公室，向当地提供帮助和捐赠。

2012年7月21日，皎漂镇岛英第一高中成为若开邦皎漂镇人们关注的焦点，学校里早早挤满学生，镇上的居民成群结队地把校门围了个水泄不通，这里正在举行盛大的新校舍交接仪式。这是皎漂镇老百姓期待的时刻——从这一天起，皎漂镇的孩子们将告别破旧、阴暗的旧教室，坐在宽敞、明亮的新校舍里学习。新校舍墙上中心位置的牌子上写着：中国石油援建。

岛英第一高中

  皎漂镇岛英第一高中旧校舍是在 1952 年建成的。曾经是有 12 个年级的缅甸古老学院。在 1968 年、1978 年、1996 年和 2010 年相继 4 次被台风侵袭，是一座饱受创伤的老旧的建筑。中国石油援建的新校舍包括两座教学楼和一座教师办公楼，建筑面积 27000 平方英尺。在湛蓝的天空下，高耸的白色教学楼与旧校舍相比显得格外醒目，宽敞明亮的教室和崭新的桌椅不仅仅让学生们高兴、学生家长们高兴，也让政府官员们高兴。就像皎漂镇教育处处长吴鼎汉在交接仪式上说的那样："我们的旧校舍的正面虽然躲过了暴风雨的袭击，保持着原貌，可是校舍背面就可以明显地看到很多木材都已腐烂，严重损坏，学生们在上课时随时都有生命危险。即使是挺过了暴风侵袭，如果在上课时发生地震的话，将会产生极大的危险。目前有 2000 多个学生就读，因教室不够，上课时间被分成两段,让学生们轮流使用教室。今天我们有了中国石油援建的教学楼,我们可以解决教室问题了,我们可以把上课时间改成全日制,学生们也得到了更充足的学习时间。这是对教育发展事业的一次及时的援助。"

在过去10年里,我们看到了管道沿线最为贫穷的状况。尽管我自己经历了中国从贫穷到富足的30年的巨大变化,也经历过缺衣少食的时代,但是中缅管道沿线的状况远远超出我经历过的贫穷:四根木头支起的竹片和竹叶盖成的三五平方米的房子是他们的居所,四根短竹支撑的蓝色防水帆布是他们盛水的容器,光着脚丫的女孩和光着屁股的男孩随处可见……所以,在这10年的时间里,中国石油中缅管道公司把他们的社会经济援助定位在当地人最为基本的四项权利——洁净的饮用水、照明用电、基本医疗设施和教育培训,他们用中国石油的600万美元作为最初的启动资金,加上东南亚原油管道有限公司和东南亚天然气管道有限公司每年各几十万美元的社会经济援助投入,来实施对管道沿线的社会经济援助计划。

马德岛是中缅原油管道的起点,这座曾经寂静千年的荒岛,远离城市和陆地,岛上数千居民依靠岛上仅有几个的雨水水窖做饭、维持生计。缅甸又是一个季节分明的国家,半年不下雨、一场雨下半年,当旱季快要结束的时候,水窖里只剩下浑浊的水底。2012年建成的马德岛水库改变了这一切。2012年8月,记者于景浩、孙广勇在《人民日报》发表文章说:"一位60多岁的老人说,做梦也想不到还能喝上大城市才有的自来水……以前泼水节,为了省水,大家只有相互抹泥庆祝,现在可以痛痛快快地泼水庆祝了……"在岛上村民的眼里，这座美丽的水库是中缅胞波情谊的美好见证，他们十分珍惜洁净的水资源，他们知道这一切来得不容易，皎漂当地政府为了这个水库专门颁布法规来保护水库水资源的安全与洁净。

2012年是中缅管道系统推进社会经济援助计划的第一年，东南亚原油管道公司援助中缅管道沿线25个社会经济发展项目，包括21所学校、2所医疗分站和2所幼儿园，可以解决1320名村民就近医疗、105名学龄前儿童的入托和1891名学生入学的问题。东南亚天然气管道公司也援助中缅管道沿线25个社会经济发展项目，包括2所医疗站、1所医院、3个医疗器械采购项目、16所学校和3个打井供水项目。中缅管道的行动在管道沿线引起了很大的反响，受到了普遍的欢迎，根据曾经担任过社会经济援助办公室主任的祖煜东回忆，在确定

在中国石油对缅甸卫生部援助项目捐助仪式上，
张加林总经理与建设方签字

援助项目之前，东南亚管道公司与缅甸国家油气公司以及缅甸中央政府相关部委都会组织调查组到现场去调查，调查组所到之处总是受到特别的欢迎。皎漂附近的一个海岛给他留下的印象极为深刻，他说："我们先从皎漂坐大一点的渔船，向小岛进发。渔船在海上航行6个小时，到达小岛附近海面。因为落潮，大渔船不能靠近小岛，我们就改乘独木舟。独木舟划行了将近一个小时，在离小岛还有好几百米的海滩上搁浅了。面对着几百米滩涂，我想我们只能走上去了。这里的海滩是黑黑的淤泥，一脚下去，黑泥差不多没到膝盖。但是远远地，我看到了村民，很多的村民，有老人，也有孩子。十好几个年轻壮实的小伙子从岛上跑下来，他们踩在黑泥中，一步一步朝搁浅的小船走来。为了让我们上岸，他们用他们的背脊和双臂，把独木舟举起来，抬着走向小岛。我不知道该怎么是好，我不想这样被他们抬着船送上岸……可又根本没有办法下去，这是我一生中得到的最高礼遇。这个村子太穷了，穷到没有人愿意当村长，这个村子太偏，连皎漂镇教育局的局长都从来没有来过，这里的孩子根本没有条件接受教育。当代理村长行使行政权力的老和尚知道中缅管道社会经济援助调查组要来，他就带领全体村民和孩子，早早守候在岸边。他说中国人能到岛子上来，看看这里的情况，他们很感动。村民把家里最好的东西拿出来，为我们准备午饭。老和尚告诉我们说，孩子们从一大早就开始准备午饭……走的时候，小伙子们用圆木在滩涂上铺出了一条路，我们踩着圆木路，走上船，看到很多的村民还在那里挥手送别，高音喇叭还在传诵祝福的话语，我忍不住热泪盈眶。这样朴实的人民,让我们不敢懈怠。在第二年的计划中,我们给这个小岛村援助 57000 美元,建起一所学校,我们希望这里每一个孩子都能接受教育。"

每一个社会援助项目都是一个故事,每一个社会援助项目都是一段忘不掉的记忆。马圭省的一个小山村是缅甸驻中国前大使丁乌的故乡——丁乌村,进村只有一条路,一个小桥。2011 年雨季,洪水把道路和小桥都冲毁了,祖煜东调查组的越野车无法继续前行,只能停在大路旁,他们改坐当地农民的摩托车,满身泥水进了村。村长很感动,他说没想到中国人这么敬业,能深入到这么偏僻的农村。当祖煜东的调查组看到校舍的时候,十分吃惊,校舍很小,只是打了地基,三年了就再集不出资来盖房子,那种贫困完全超出了他们的想象。祖煜东说:"地基太小了,即便是盖成校舍也太小,不够孩子们用,而且地基并不牢固,在上面建房子很危险。我们决定重新打地基,建设一所更大的学校。"为了迎接祖煜东调查组的到来,教师们像过节一样,换上了教师服,虽然已经破旧,但干干净净,看得出来他们多么在意这次相见。孩子们也都穿上学生服,学生服就更加破旧。当祖煜东的调查组离开的时候,五六个妇女头上顶着篮子,篮子里装满了花生,拦着路,不让走,让他们必须收下花生。按照规定,他们是不能收礼的。一位 80 多岁的长老,对他们说:"这个村里,从来没有来过外国人,你们中国人来,就是全村第一批外国人,不仅来了,还帮助我们建学校,我们从心里感谢你们。"这位长老就是缅甸驻中国大使丁乌的亲叔叔。

"我们生活在这个世界上,我们有责任为这个世界尽心竭力。"这是昂山素季2016年8月在牛津大学演讲中的一句话。这句话让我联想到东南亚管道公司在缅甸社会经济援助项目走过的十年的风风雨雨,我们来到了这里,我们就应该为这里的人们尽心竭力做一些力所能及的事情。2007年2月12日,从我第一次踏入缅甸,已经走过来12年的历程,我见证了一个从长期与世隔绝到民主开放的国度的发展,这个国家正在经历转型,他们需要帮助,也许一个企业、一个公司的帮助对于一个有着5000多万人口的国家来说微不足道,但是一台电脑、一张课桌、一栋校舍、一口水井……看起来很小,对于真正需要的人却像久旱的甘露,这些小设施会为他们带来方便和希望。

中缅油气管道是在缅甸境内的最大合资合作项目之一,一直受到民众和媒体的关注,也成为部分非政府组织猜测和指控的目标,让我们在缅甸的坚守和作业受到了各种挑战,但是缅甸淳朴、善良的人民对我们的支持是我们安全作业的基础,也是我们坚守的动力。在我还是西线指挥部的副指挥的时候,监理工程师王洪涛曾经给我讲过一个故事,这个故事至今还深藏在我的记忆里。王洪涛在执行勘察任务的时候中暑了,缅甸高温天气让我们很多的人都有类似的经历,在马圭省滨河附近的洼油村,他头晕目眩、脚步踉跄,同行人员搀扶他进了村口第一户人家,这户人家住着一位老太太。老人家很快看出王洪涛病了,立刻给生火烧水,并叫儿媳妇摘来芭蕉给王洪涛吃。经过老人家的细心照料,王洪涛中暑症状得到了缓解,但

第五章 命运与共

之前约好的来洼油村接他回仁安羌驻地的车一直也没见来，老人又安排自己的儿子套好了自家的牛车，驮着王洪涛他们向仁安羌驻地出发。在3公里外另一个也叫洼油的村子遇到了早已等候在那里的司机，原来是司机找错了地方……大家心里过意不去要给老人的儿子钱，小伙子死活不要，来回推好久到底还是没要，在夕阳的余晖里小伙子赶着牛车回去了。后来大家通过翻译才了解到，洼油村并不富裕，很多人温饱还没解决，这位好心的老人家叫德隆（音译），家里情况和其他村民都差不多，轻易舍不得吃的芭蕉是用来卖钱换米的。翻译的介绍让王洪涛他们心沉甸甸的，王洪涛也后悔自己吃了老人家的芭蕉。勘察任务完成后，王洪涛回中国了，直到三年后，又被派回仁安羌。一天，监理部聊天时聊到这件事，他心里一直忘不掉老太太一家人，十分感叹缅甸老百姓的淳朴厚道，希望能再去看望老人一家子。大家听了事情经过都很感动，都觉得老太太一家人的善良像缅甸的冰种翡翠一样洁净透明自然，又像缅甸无处不在的佛一样指引着向善的方向，这善良是民风日久年深的沉淀，自然流淌在血液里的，与生俱来，源远流长。当时正好赶上缅甸泼水节，监理工程师们决定筹些钱给老人买些礼物，一起去看看老人家。经过一个半小时的一路颠簸，他们找到了洼油村。时过境迁，王洪涛一时认不出哪家是德隆老太太的家，只记得是第一家，门前有一眼水井。大家找到印象中的水井后，按照印象中水井与老太太家的距离和位置，推开了一户人家的门，他们找到了老太太，这就是老太太的家，是新盖了房子，和王洪涛记忆中的不一样了。当他们还在门口判断打量的时候，老人已经用缅语和手势在跟他们打招呼了，王洪涛见到后激动地走上前去紧紧地握住了老人的双手……在和老人的交谈中王洪涛了解到，中缅油气管线占用了她家河滩里的一块地，进行了经济补偿，老人用补偿款盖了这栋新房，还有些结余，那辆牛车还在，牛也在，还生了一头小牛犊……

第六章

通衢大道

这些年中国倡导的"一带一路"已经得到国际社会的广泛关注，2015年3月28日，中国国家发展改革委、外交部、商务部联合发布的《推动共建丝绸之路经济带和21世纪海上丝绸之路的愿景与行动》，让"缅甸——中国通往印度洋的通道"再一次成为热点话题，很多人开始去研究缅甸在中国古丝绸之路的位置与作用。古丝绸之路已经成为久远的历史，新丝绸之路将是又一个新世纪的开始。

一、滇缅公路　浴火重生

1931年9月18日夜，在日本关东军的安排下，铁道"守备队"炸毁沈阳柳条湖附近日本修筑的南满铁路路轨，栽赃嫁祸于中国军队。日军以此为借口，炮轰沈阳北大营，拉开了"九一八事变"的序幕，1932年2月，东北全部沦陷，中国东北出海港落入日本人手中；1937年7月30日天津市沦陷，北京的门户被封；1937年11月12日上海市沦陷，华东全部海港落入日本人手中，中国东海的出海口被封……

1937年8月，蒋介石在南京召开国防会议，研究部署对日作战，云南省主席龙云向蒋介石提出，国民政府的港口相继落入了日军的手中，中国物资将不得不通过香港和越南海防等港口转口。为了避免剩余的两条转口通道被封锁，中国应该要有一条后方的国际通道。建议修筑一条从昆明出发，经云南西部到缅甸北部，直通印度洋的铁路和公路，使来自海外的物资能在缅甸仰光港上岸，然后通过公路和铁路运到中国大西南后方基地。龙云还建议公路由云南省负责，中央补助；铁路由中央负责，云南协助。龙云的建议非常符合蒋介石把川滇黔三省作为抗战后方根据地的构想。但考虑到修筑铁路在经费和器材上的实际困难，滇缅公路的修筑被放在了更为优先的地位。

1937年10月，蒋介石派交通部次长王芄生率领工程专家到昆明与龙云商谈修筑滇缅公路的有关事项。11月确定了滇缅公路的修建方案，起于中国昆明、止于缅甸腊戍，全长1146.1千米，云南段全长959.4千米，其中昆明至下关段已于1935年修通土路；缅甸段186.7千米。为联络缅甸境内的筑路事宜，云南省政府派特使缪云台到仰光与缅英当局进行协商，达成了协议，中国在原来已筑成的昆明至下关公路的基础上，负责修筑下关到畹町中国境内的路段，全长547.8千米；英国负责修筑腊戍至畹町的缅甸境内路段。

1937年11月2日，国民政府正式下令龙云，由行政院拨款200万元，要他负责打通国际交通线。因为事关国防军事及抗战前途，云南省政府不敢怠慢，采取"非常时期"动员办法，通令沿线各县，要求在12月份完成滇西各县义务修路民工的征调，一年内完成道路修筑。1937年12月，滇缅公路工程正式开工。

修筑滇缅公路面临重重困难，要越过滇西横断山脉的云岭、怒山、高黎贡山等崇山峻岭，要横跨漾濞江、澜沧江、怒江等急流深谷，工程异常艰巨。原始简易的筑路工具和恶劣的自然环境成了筑路民工面临最大的难题。没有机械设备，全靠滇西各族人民用锄头、手锤、钻子、大锤、撬棍、十字镐等工具去开辟完成。滇缅路沿线环境恶劣，瘴疟为患，恶性疟疾能在几小时内夺人性命。1938年1月到8月是滇缅公路施工的高峰期，全线施工人数平均每天5万多人，最高时达到20万人。

滇缅公路工程现场

在整个筑路过程中，滇西民众付出了高昂的代价，在筑路工程中死于爆破、坠崖、落江、塌方和疟疾的就不下3000人，死亡率约为千分之十五，工程技术人员也牺牲了8个[1]。

滇缅公路在汹涌澎湃的怒江和澜沧江上修建了三座大桥，分别叫作惠通桥、昌淦桥、功果桥。在这样的河流上搭建桥梁非常困难，而最困难的要算功果桥。功果桥下的澜沧江水流湍急，即使放一片鸡毛，也会被卷入水底。要把建桥用的钢索从澜沧江的西边拉到东边，需要有人背上绑着绳索、绳索后连接着钢索，游过江面，然后把钢索系到对岸的树桩上。青壮年都去了抗战前线，滇西剩下的都是老人和孩子。一个孩子背着绳索跳进江里，立刻就被呼啸的水流冲走；另一个孩子又跳进江水中，还是被冲走……明知道是死，勇敢的孩子还是一个接一个地跳进水花飞溅的江水里……

1938年8月31日，经过9个月的艰苦奋斗，滇缅公路终于提前竣工通车，缅甸境内的路段也在预期内完成，滇缅公路在腊戍与通往仰光的铁路相连。滇缅公路的建成摆脱了日军对中国的封锁，外通缅甸的腊戍、曼德勒、仰光，内连川、康、黔、桂四省，成为中国大西南的重要国际交通命脉。

工程艰巨的滇缅公路能在如此短的时间内通车，震惊了中国，也震惊了世界。美国交通运输部公路工程局权威人士曾断言滇缅公路至少需要三年才能建成，但云南人民创造了一个奇迹。美国驻华大使詹森受罗斯福总统委托，专程取道仰光巡察滇缅公路，在作了沿线的实际考察后发表讲话说："修筑滇缅公路物质条件异常缺乏，纯人力开辟……全世界任何民族都难以做到。"

1938 年底，首批军需物资从仰光上岸，经滇缅公路运入昆明。在滇越铁路中断后，滇缅公路一度成为我国唯一的一条出海的国际通道，苏联、美国、英国等盟国援华的军用物资和民用物资，国内出口的外贸物资，都是经过这条通道运输的。

滇缅公路成为中国和世界反战联盟的纽带，中国没有从全球的战场上被隔离出来，对围剿中国的日本军队显然是一个沉重的打击。从 1940 年开始，日本就通过外交途径和武力威胁向英国施压，要求关闭滇缅公路。英国的主战场在欧洲，似乎不愿分散精力来对付远东战场，对日本采取了妥协的态度。1940 年 7 月 17 日在美国默许下，英国与日本签订了《英日关于封闭滇缅公路的协定》的秘密备忘录，滇缅公路被关闭，中国对外运输通道仅剩下大西北到苏联的公路，这就是著名的"远东慕尼黑"事件。1940 年 9 月 27 日《德日意三国同盟条约》的签订使英国政府认识到远东的和平已难维持，与日交战已是早晚的事，因而决定对日采取强硬立场，三个月后重开滇缅公路。

像龙云所料到的那样，1941 年 6 月，日军占领越南，滇越铁路被切断，苏联援华运输中断；12 月香港陷落，香港通往内地的物资补给被切断。由于日军连续切断滇越铁路和香港的补给线，西方援华物资便只能从仰光港上岸，然后经过唯一的一条通道——滇缅公路辗转运到昆明。由于路途漫长，困难诸多，因此到第二年 1 月，援华物资运输总量便从正常的每月 35000 吨急剧减少到不足 6000 吨。

"七七"事变后，中国抗战后方所需各种战略物资和各种民用物资，包括100%的汽油、煤油、柴油、橡胶、汽车配件和90%的药品、钢材、棉纱、白糖、纸张，都必须从西方进口。如果日军切断滇缅公路，就断绝了中国同外部世界的联系，中国国内的各种战略物资储存最多只够维持3个月。以至于当时重庆政府的外交部长宋子文惊呼："倘若日寇进犯缅甸，切断我赖以生存的滇缅路，我后方军民将无异于困守孤城，坐以待毙……"

1941年12月23日中英在重庆签署《中英共同防御滇缅路协定》，中英军事同盟形成，中国为支援英军在缅甸抗击日本并为了保卫中国西南大后方，组建了中国远征军。1942年5月，日本占领缅甸切断滇缅公路，中美两国被迫在印度东北部的阿萨姆邦和中国云南昆明之间开辟了一条转运战略物资的空中通道，这条空中通道就是著名的驼峰航线。

在那个年代，没有人否定滇缅公路是战略通道，中国20万远征军从这条通道进入缅甸、支援英军、走向抗战的第一线。为了修建打通这条印度洋通道，20万滇西民众付出高昂的代价，死守滇缅公路的40万热血青年有20万忠魂被埋在异国他乡。这条通道抗战时期是中国人民的生命线，是中国联结世界反法西斯的纽带，是"生命的共同体"。这个"生命的共同体"是在炮火中挣扎、在流血中铸就，是千百万人流离失所、妻离子散维持着这个"生命的共同体"的畅通……1944年，美国《时代》杂志记者西奥多·怀特在他关于滇缅公路的文章中这样写道："这是一场发生在连绵高山、热带雨林里的战争，酷热与潮湿、疯狂与绝望、死亡与疾病、喜悦与悲痛如影随形。无论是中国人、缅甸人还是美国人、英国人，国别与身份已不重要，作为身处战争泥淖里的族群，他们的脉搏跳动在紊乱的战争中清晰可闻，浸染了他们的鲜血与泪水的故事至今读来仍令人心碎……"这些鲜血与泪水让美国、英国、日本，甚至全世界都清楚地认识到，经过缅甸，中国是可以进入印度洋，与世界连在一起，日本人曾经迫使我们从缅甸进入印度洋，美国和英国曾经帮助我们从缅甸进入印度洋。

新中国成立后，滇缅公路成为中国与缅甸的贸易通道。尽管新中国成立初期因为两国关系复杂多变，边境时开时关，但是从1962年到1988年，中国平均每年向缅甸出口的2231万美元货物和每年从缅甸进口的2504万美元的货物都是通过滇缅公路进出缅甸的[2]。1989年两国边境的民间贸易，不包括边民之间发生的非正式贸易，进出口总值已经超过了10亿美元；1990年达到了15亿美元，90%以上是通过滇缅公路实现的，而且这15亿美元的额度占中国全部边境贸易的37%。根据缅甸商业部的统计数据，2011—2012财年，与中国的边境贸易总额为32.76亿美元，2015—2016财年达到了68.61亿美元，平均每年的增长率为21.9%。5年期间，贸易量翻了一番，平均92%的货物是通过瑞丽口岸、由滇缅公路运往缅甸的。没有人否定美国、英国和中国人用鲜血与泪水铸就的滇缅公路对中国和缅甸的经济发展的作用，滇缅公路仍然是一条战略通道。

当中缅管道开始施工的时候，仅仅管道局就有57辆大型

的卡车，一大批 24 个车轮 18 米长的运管车，浩浩荡荡从中国的瑞丽口岸开进缅甸，行驶在滇缅公路上。中国与浩瀚的印度洋是相通的，这条印度洋通道是实实在在存在的……

二、大洋通道　世界格局

1935 年中国的地理学家胡焕庸发表了一篇文章《中国的人口分布》，文章中有一张按照中国地图画出的等值人口密度图。胡老先生还在图上画了一条直线，从中国东北瑷珲画到了云南的腾冲，这是一条"魔咒线"，这条"魔咒线"将中国分成经济发达地区和落后地区。在"魔咒线"的东南半壁，36% 的土地供养了中国 96% 的人口，西北半壁 64% 的土地只供养了中国 4% 的人口，在那个时间点上中国的人口只有 4.3 亿；到了 1987 年，中国的人口总数达到了 12.2 亿，这条"魔咒线"的东南半壁依然供养着 94.4% 的人口，西北半壁依然只供养着 5.6% 的人口；2014 年，当中国的人口总数达到了 13.76 亿，这条"魔咒线"的东南半壁依然供养着 93.4% 的人口，西北半壁供养的人口只增加了 1%。胡老先生的这条"魔咒线"划出了中国东西部地区经济差距的历史，也划出了中国东西部地区经济差距现实。尤其是改革开放以来，随着东部经济的迅速发展，西部的劳动力一直在向东部流动……这种差距似乎越来越大。

1."一带一路"——扬帆起航

1995 年 12 月江泽民主席到陕西和甘肃考察旱灾灾情，在陕西商洛的农民家中他看到了雨水窖，当地缺水，人们洗脸都没有水，各家各户就是靠这样的雨水窖做饭、维持生计。根据曾培炎的回忆，这件事情对江泽民触动很大，在与省委的座谈会上他第一次提到了要缩小东西部的差距，1999年他在第九届全国人民代表大会第二次会议上正式提出了西部开发战略，他说：西部那么大，占全国土地面积一半以上，大部分处在没有开发和荒漠化的状态……美国当年如果不开发西部它能发展到今天这个样子吗？江泽民要求从战略上提出西部大开发的实施步骤、政策和办法……[4]。

在江泽民主席的主导下，2000年1月16日，国务院成立西部地区开发领导小组，朱镕基任组长、温家宝任副组长，2000年10月，中共十五届五中全会通过的《中共中央关于制定国民经济和社会发展第十个五年计划的建议》，把实施西部大开发、促进地区协调发展作为一项战略任务，中国西部大开发区域图上西部大开发的范围包括重庆市、四川省、贵州省、云南省、西藏自治区、陕西省、甘肃省、青海省、宁夏回族自治区、新疆维吾尔自治区、内蒙古自治区、广西壮族自治区、吉林省延边朝鲜族自治州等13个省、自治区、直辖市、地区，面积为685万平方千米，占全国的71.4%。2002年末人口3.67亿人，占全国的28.8%。2003年，国内生产总值22660亿元，占全国的16.8%。从此西部大开发全面进入实施阶段，2006年12月8日，国务院常务会议通过《西部大开发"十一五"规划》，主要目标是基础设施和生态环境建设取得新突破，重点区域和重点产业的发展达到新水平，再次把西部大开发推向深入。按照当时的布局，中国实施西部大开发战略，依托欧亚大陆桥、长江水道、西南出海通道等交通干线，发挥中心城市作用，以线串点，以点带面，逐步形成我国西部有特色的西陇海兰新线、长江上游、南宁—贵阳—昆明等跨行政区域的经济带，带动其他地区发展，有步骤、有重点地推进西部大开发。

经过15年的开发建设，中国西部地区不仅仅是经济生产总值有了很大的提高，基础设施也得到了很好的发展，"五纵七横"国道主干线西部路段全线贯通，区域内8条省际干线公路如期建成，公路通车总里程达169万千米，占全国的39.8%；高速公路总里程达2.9万千米，占全国的30.3%；94%的乡镇通沥青（水泥）路。新增铁路营业里程1.27万千米，铁路总营业里程达到3.7万千米，占全国的38.2%。中国的高速公路和铁路基本联通到了陆路邻国的边境。根据云南省"八出省、五出境"铁路网规划，从云南昆明出发，共有3条铁路与缅甸相连：第一条从昆明出发，经大理、保山，与中缅口岸木姐相连；第二条从昆明出发，经大理、临沧，与中缅口岸清水河相接；第三条从昆明出发，经保山（芒市）至中缅口岸猴桥，也就是中缅印国际铁路通道……[5]。云南通往缅甸的主要公路有9条，有3条已基本建成高速通道，包括昆明经保山、腾冲、猴桥通往缅甸密支那公路，昆明经保山、瑞丽通往缅甸曼德勒公路的高速公路和昆明经思茅、景洪、打洛通往缅甸东枝、曼德勒公路……[6]。

2013年9月7日习近平在哈萨克斯坦纳扎尔巴耶夫大学

发表演讲说,"2100多年前,中国汉代的张骞肩负和平友好使命,两次出使中亚,开启了中国同中亚各国友好交往的大门,开辟出一条横贯东西、连接欧亚的丝绸之路。我的家乡陕西,就位于古丝绸之路的起点。站在这里,回首历史,我仿佛听到了山间回荡的声声驼铃,看到了大漠飘飞的袅袅孤烟。这一切,让我感到十分亲切……千百年来,在这条古老的丝绸之路上,各国人民共同谱写出千古传诵的友好篇章。两千多年的交往历史证明,只要坚持团结互信、平等互利、包容互鉴、合作共赢,不同种族、不同信仰、不同文化背景的国家完全可以共享和平,共同发展。这是古丝绸之路留给我们的宝贵启示"。

这是一种新的思想,对世界有一种新的启迪,如果说"西部大开发战略"是为了发展中国西部,缩小中国东部和西部的差距,习近平的这篇演讲似乎将"西部大开发"推向了全球化的平台,15年的西部大开发,完善的基础设施已经从陆路抵达邻国的边境,"一带一路"已经具备起航条件。

国家发展改革委、外交部、商务部联合发布的《推动共建丝绸之路经济带和21世纪海上丝绸之路的愿景与行动纲领》,对"一带一路"进行了具体的规划。"丝绸之路经济带"重点畅通中国经中亚、俄罗斯至欧洲的波罗的海,中国经中亚、西亚至波斯湾、地中海,中国至东南亚、南亚、印度洋。"21世纪海上丝绸之路"重点方向是从中国沿海港口过南海到印度洋、延伸至欧洲,从中国沿海港口过南海到南太平洋。

中国倡导和实施的"一带一路"得到了国际社会的广泛关注,也得到了沿线国家的积极响应,这些沿线国家在解读"一带一路"构想的时候,自觉不自觉地加入自己的元素。泰国总理巴育在"泰国大战略动向"说明会讲话时特别谈到"泰国大战略动向"要与中国倡议的"一带一路"对接,实现泰国东部经济走廊铁路与中泰铁路合作项目对接,让泰国东部经济走廊成为东盟地区的物流枢纽中心;如果中国的新丝绸之路通过缅甸直达印度洋,又将给缅甸带来怎样的影响和创造哪些方面的效益?因为是物流通道,无论是中国进口的货物还是中国出口的货物,经过缅甸,过境费显然是一份巨大的收益,物流的繁荣当然还会给仓储和运输带来巨大的发展、还会给缅甸国家带来巨额的税收和大量的就业机会,新丝绸之路上的地区,缅甸相对低廉的人工成本会吸引全球的企业来投资,会带来工业的繁荣,所以,缅甸的学者发出感叹说,缅甸能不能部分替代新加坡成为发挥"中国的西海岸"作用?

2. 南阳水道——波澜壮阔

随着世界全球化趋势的不断深入发展,世界越来越成为一个相互联系、相互依存和相互影响的整体,一国利益与他国利益、国家利益与全球利益越来越密不可分。18世纪以来,海洋通道是海洋国家至关重要的利益,不仅是维持经济繁荣和施加全球影响的手段,而且是国家的生存环境。国际贸易中货物运输量的90%以上依靠海上运输,海上运输就像"血细胞"一样维系着世界经济的运转,海上运输安全牵涉到每一个国家乃至整个世界的经济安全。

2003年11月29日,在中央经济工作会议的闭幕式上,国家主席胡锦涛提道:"国内石油进口的一半以上都来自中东、非洲、东南亚地区,进口原油五分之四左右是通过马六甲海峡运输的,而一些大国一直染指并试图控制马六甲海峡的航运通道……"。胡锦涛要求从新的战略全局高度,制定新的石油能源发展战略,采取积极措施确保国家能源安全。2004年初,美国在新加坡的樟宜海军基地正式启动;同年4月,美军太平洋舰队司令法戈宣布,美国军方将制定名为《区域海事安全计划》的反恐新方案,美国将向马六甲海峡派驻海军陆战队和特种部队,以防止恐怖分子袭击,美国的行动印证了胡锦涛主席对"马六甲困局"的担忧,美国的行动也开启了全球学术界对中国能源安全问题的关注。因此,中国学者提议建设中缅管道,以规避马六甲海峡的安全风险,从此中外学者开始了中缅管道是不是国家的能源战略通道的讨论。

在胡锦涛开始担心中国的能源运输安全的那一年,中国进口原油只有9112万吨,还没有液化天然气进口,但是到了2013年(中缅天然气管道投产的那一年),中国进口原油达到了2.92亿吨,如果按照80%计算的话,中国的进口原油全年2.4亿吨,每天有485万桶是通过马六甲海峡运输过来的,2013年进口1807万吨液化天然气,中国天然气消耗量的18%是通过马六甲海峡过来的;2016年中国进口原油3.81亿吨,进口液化天然气2400万吨。根据美国能源情报局统计的数字,全球2013年通过马六甲海峡每天运输的原油是1330万桶,中国占了36.5%,天然气3.9万亿立方英尺,中国占了23%;2016年达到了1460万桶,中国占了52%,天然气3.2万亿立方英尺，中国占了37.5%。形势的变化显然超出了想通过建设中缅油气管道来解困马六甲海峡的构想，中缅原油管道的设计输量是2000万吨、天然气管道的设计输量是120亿立方米，如果站在2003年这个时点、按照胡锦涛主席在中央经济工作会议提到的有关中国能源安全考虑石油进口数量9112万吨水平的话，设计输量为2000万吨的中缅原油管道是可以解决中国进口原油的20%运输问题，这2000万吨的输量是包括云南和重庆两个炼厂，2003年天然气总的消耗量是340亿立方米，中国自己开采的天然气完全满足需要，中国不需要进口天然气，中缅管道是为未来的发展留有余量，当时间跨越到2016年，中国的原油对外依存度已经超过了58%，进口量已经达到了3.6亿吨，而且重庆炼厂不再兴建，中缅输油管道只向昆明一个炼厂输油，满输量也只有1000万吨，中缅原油管道能够承担的进口原油只有全部消耗量的1.6%，2016年中国天然气总消耗量1862亿立方米，中缅天然气管道进口气量不足40亿立方米，占比2.7%，所以从管道运输的规模上讲，无论是原油管道还是天然气管道显然是不能解决马六甲海峡困局的。

但是，美国国防部从2005年就开始关注中国的能源安全，在其《中国军力报告》中增加了一章内容——分析中国的能源需求，明确指出2003年中国已经成为第二大石油消耗国、第三大石油进口国，还详细分析了中国的能源进口来源；在2009年、2010年和2011年三年的《中国军力报告》中详细列出了中国石油来源国的具体数据，明确指出中国进口原油的 80% 是通过马六甲海峡过来的，三年的报告都画出了中国的石油天然气进口路线图，中缅油气管道毫无悬念地都被标在了上面……从 2015 年开始，美国国防部在这张"中国的石油天然气进口路线图"上加了个说明，"图上的数字是设计输量而不是实际的输量"，我个人对这句话的理解是，如国家有需要，无论是原油管道还是天然气管道，都可以按照设计输量来运行，所以，美国人已经把中缅管道作为中国的能源战略通道。

如果我们站在中国经济发展的全局来看，马六甲航线的意义远远不像石油和天然气的运输安全那么简单。随着中国外向型经济的发展和对外贸易的增多，马六甲海峡对中国的整个航运业都是重要的。作为世界经济的火车头，中国自改革开放以来进出口贸易总额增长不断加快，特别是 2001 年加入 WTO 之后，对外贸易迅速增长，对外贸易额节节攀升，外贸逐渐成为带动国民经济增长的一支强劲动力。2001 年中国对外贸易总额突破 5000 亿美元，2003 年 8510 亿美元，而这一年石油进口只占总进口贸易额 4128 亿美元的 6.3%，约合 260 亿美元，10 年后的 2011 年中国对外贸易总额突破 3 万亿美元。尽管受国际金融危机的影响，2012 年中国进出口贸易总额仍然达到 38667.6 亿美元，仅比美国少 150 亿美元。根据中国海关总署统计的数据，最近几年，欧盟一直是中国的第一大贸易伙伴，第一大进口来源地，2012 年中欧贸易额达到 5460.4 亿美元。美国一直为中国第二大贸易伙伴，第一大出口市场，第五大进口来源地。2012 年中美贸易额也达到 4846.8 亿美元，由于船型尺度受到巴拿马运河的限制，中美航线也是通过马六甲海峡走苏伊士运河和地中海抵达美国东海岸……无论是欧洲、还是美洲或者是非洲，中国的货物都必须经过马六甲海峡。

根据世界银行的统计，中国2016年对外出口20976.4亿美元，进口15879.2亿美元，有40%的贸易货物需要经过马六甲海峡，总价值达到14611亿美元；麻省理工学院的网站数据显示中国能源进口只占全部进口贸易总额的10.5%，总价值1667亿美元，占整个通过马六甲海峡货物总价值的11.4%，所以马六甲海峡不仅仅是中国能源安全的问题，而是整个中国海上贸易航线的咽喉，是中国经济发展的"生命线"。

日本防卫省防卫研究所发布的2011年《中国安全战略报告》说：中国进口货物的约90%、石油进口的95%、铁矿石进口的99%利用海上通道进行。尤其是对马六甲海峡通过南海的海上通道依存度极高，进口石油的90%经过南海……通过马六甲海峡的船舶有60%是中国船籍或是运送中国货物的船只，对中国乃至国家安全来说，南海的海上通道已经变得极为重要，2016年发布的《中国安全战略报告》更是将"海上交通"提升到了中国经济社会发展的"生命线"的高度，而马六甲海峡又是这条"生命线"的咽喉……

马六甲海峡是中国绕避不开的海运通道，是中国经济社会发展的"生命线"，如何保证生命线的安全当然是中国政府要直面的问题。2017年10月在北京召开的中国共产党第十九次全国代表大会上，习近平总书记提到："坚持总体国家安全观……统筹外部安全和内部安全、国土安全和国民安全、传统安全和非传统安全、自身安全和共同安全"，这是中国国家领导人在全党的会议上，向全国人民第一次提到："外部安全""国民安全"以及"共同安全"这三个概念。这也是中国第一次向世界表明，中国海外资产和海外人员的安全已经不再是"本土安全"的内涵，他们已经构成国家利益的一部分，中国的利益范围也不再局限于传统理念上的国家主权领土上的地理范畴。因跨国经济体的出现，使得境外主权国家的领土上出现了与自己、与主权国甚至与第三国相关的利益共同体，以及安全共同体。

3. 蓝色海洋——迩安远怀

中国军事科学研究院军事战略研究所2013年编著出版的《战略学》系统地回顾了中国海军的发展历程，将中国海军的战略变化分成了三个阶段：第一阶段是1949年到20世纪70年代末，这一阶段的主要威胁是来自台湾国民党军队的入侵和海上交通线的封锁，而且当时装备和实力落后，中国海军执行的是"沿岸防御、近岸防御"战略；第二阶段是按照邓小平海军能够"近海作战"的构想形成的"近海防御"战略，国家开始重视"海洋领土"主权；从2004年以后，随着中国经济的急速发展，保障原料和产品的海上运输交通线的稳定，以及石油天然气等海底资源的开发，中国实施了"近海防御、远海防卫"。事实上，随着中国已经开始的实施海外安全的战略，中国海军的活动范围早已穿过马六甲海峡驶向了印度洋、中东和非洲，从2009年1月开始，中国海军参加了国际社会在亚丁湾、索马里海域开展的联合打击海盗的行动。根据2017年7月10日《解放军报》发布的消息，从2008年以来，中国海军已累计派出编队26批、舰艇83艘次、官兵22000余人次到海盗猖獗的亚丁湾、索马里海域执行护航任务，累计安全护送中外船舶约6400艘。

2011年2月16日开始的那一周，对我本人来讲，是比较闹心的一个时段，尽管当时我已经在缅甸工作了，但是我有一帮弟兄在利比亚，我曾经是管道局国际部的负责人，利比亚是管道局项目比较多的一个国家，也是我比较关注的一个地区，2008年中标的利比亚油田一个大的上游开发项目还是我自己亲自组织投标的，当时我们派驻在利比亚工作的有118人。2月16日利比亚班加西开始出现反政府的游行示威，2月18日管道局地区公司总经理单清被大使王旺生紧急召见，单清对大使馆并不陌生，但是这一次大使直接把他带到了地下室，他还是第一次知道大使馆还有地下室，地下室只有几张沙发和茶几等简单的家具，大使进来就问他如何看待现在利比亚的局势，会不会打起来，单清非常肯定地说："会"，他告诉大使班加西是卡扎菲的家乡、是卡扎菲起家的地方，班加西的老百姓起来游行，这还是头一回，说明卡扎菲的基础已经动摇，卡扎菲一定不会轻易放过。从大使馆出来，单清就已经开始安排管道局在油田项目工作的70多个人从油田撤出，当时管道局利比地区公司与卡扎菲儿子的航空公司有协议，这家航空公司负责管道局从油田到首都的黎波里人员往来的空中交通，所以当单清给这家航空公司的总经理打电话时，总经理告知，他自己公司的飞机出行有风险，他担心会遭遇反对派武装的袭击，但是他承诺向邻国航空公司求援。这一信息印证了单清的判断，单清立即向大使报告了这个情况。果然不出所料，2月19日，班加西形势急剧恶化，利比亚军队开始武装镇压，负责管道局人员运输的航空公司也没有食言，2月20日从邻国的航空公司调来了一家民航飞机，将管道局在油田的全部人员运抵首都的黎波里，同机抵达还有8名意大利人，当这些意大利人走下飞机喊道："感谢中国人、感谢中国政府"。实际上，2月20日当油田回来的飞机抵达首都的时候，首都的政府军和反政府军已经开始交战，根据单清后来的回忆，他们在的黎波里营地旁边的菜市场有密集的枪声……

2月21日深夜，中国国家主席胡锦涛对相关部门发出指示，要求采取切实有效措施，保护逗留在利比亚的中国公民安全撤离，接到指示的第二天2月22日，国务院成立了应急指挥部，张德江任总指挥……也就是这一天，几乎所有的驻利比亚的中资企业和华人团体都接到了大使馆的撤离通知……不能想象36000人的撤离就这样开始了，2月23日深夜，中国政府派出的首架包机从北京首都机场起飞并于24日早上抵达的黎波里，然后中国各航空公司的大型飞机从北京、从上海、从广州，从中国大陆各大飞机场飞往利比亚、飞往开罗接回中国侨民……36000人，太多的侨民，仅靠空中通道一种方式撤离，短时间内显然困难很大，在中国应急指挥部的部署下，中国驻利比亚大使馆指挥中国公民从陆路撤向的黎波里和班加西，在这两个城市的港口等待中国政府组织租用的海轮……24日，从希腊开出的两艘海轮抵达班加西港……25日，中国国防部宣布，调派在亚丁湾护航的中国海军军舰"徐州号"导弹护卫舰通过苏伊士运河，进入地中海为运送中国侨民的船只护航[7]。

尽管当时的情况非常严峻，但在政府、军队、驻外使领馆和中资企业的共同努力下，在短短的10天时间里成功地保护了35980名中国公民安全撤离，这次撤侨行动让世界震惊。美国《华尔街日报》网站2月24日说，"随着中国全球影响力的增长，如何保护其海外公民和企业成为中国日益担心的问题"；法国《欧洲时报》25日高度评价这是一场"最大规模""海陆空并用"与"高效率"的撤侨行动……

2015年3月26日，沙特阿拉伯和埃及、约旦、苏丹等其他海湾国家参加的国际联军在也门发动打击胡塞武装的军事行动，当天习近平主席指示在亚丁湾、索马里海域执行护航任务的中国海军第十九批护航舰艇编队临沂舰、潍坊舰和微山湖舰，立即赶赴也门、执行撤离中国在也门人员的任务。与利比亚撤侨行动不同的是，利比亚撤侨是派军舰为搭载中国公民撤离

中国海军编队

的船只护航，而这次撤侨则是军舰直接靠泊他国港口，直接用军舰运送中国公民，中国海军护航编队共执行了4次撤离任务，成功从也门撤离了中国公民600多人，以及来自15个国家的外国公民279人❶。

这两次撤侨行动彰显了中国海军"统筹外部安全和内部安全、保护国土安全和国民安全"的能力，中国海军有能力保护中国财产在通过马六甲海峡的"海上丝绸之路"的安全。中国2015年5月发布的《中国的军事战略》白皮书也明确中国海军"必须突破重陆轻海的传统思维，高度重视经略海洋、维护海权。建设与国家安全和发展利益相适应的现代海上军事力量体系，维护国家主权和海洋权益，维护战略通道和海外利益安全……"。

4. 中缅管道——先导示范

尽管有马六甲海峡的制约、尽管有美国的"自由航行"的威胁，"海上丝绸之路"的安全有中国海军保证；15年的西部大开发，云南通往缅甸的三条铁路、三条高速公路都已经修到了中缅边境，中国境内通往印度洋的条件已经具备，但是缅甸境内的交通状况虽然经过了一定的修缮和发展，依然是通往印度洋的瓶颈。

中国和缅甸的贸易90%是通过滇缅公路完成的，从2011年到2016年，5年的时间中缅的边境贸易已经增长了两倍，这还不包括边民的自由贸易，这就意味着滇缅公路的运输量增

---

❶ 资料来源：百度百科《也门撤侨》。

长了至少两倍，中国境内的运输因为高速公路和高速铁路的修建能够保证物流的畅通，但是在缅甸境内，这条抗战时期修建的公路经过了80年的风风雨雨依然是承载中缅贸易物流的主体，尽管不时地对有些地段进行了修缮，局部地段也有加宽，但是主体并没有改变，滇缅公路已经成为"丝绸之路"上的瓶颈，繁重的运输流量不仅仅制约了中缅边境贸易的发展，让西部大开发云南贵州新产业形成的产品不能走向印度洋，而且缅甸在实现民主转型、经济得到发展后，产品不能顺畅北上进入中国市场……2009年3月8日，全国政协召集在京参加全国两会的云南政协委员，就建设印度洋国际大通道召开专题协商会议，讨论印度洋国际大通道，10年过去了，通往印度洋的公路看不到进展；2011年4月，中国铁路工程总公司与缅甸铁道运输部签署建设中缅铁路的谅解备忘录，8年过去了，通往印度洋的铁路看不到进展；2015年12月30日，缅甸皎漂经济特区招标审查委员会在内比都宣布中国公司中标皎漂经济特区深水港和工业区项目，三年过去了，通往印度洋的港口看不到进展……

"一带一路"的实施，为印度洋的通道带来新的机会，中国和缅甸的经济合作迎来了蓬勃的生机。2017年11月19日，王毅在内比都与缅甸国务资政兼外交部长昂山素季共同会见记者时表示，中方愿意根据缅甸国家发展规划和实际需要，与缅方共同探讨建设北起中国云南，经中缅边境南下至曼德勒，然后再分别向东西延伸到仰光新城和皎漂经济特区的"人"字形中缅经济走廊，形成三端支撑、三足鼎立的大合作格局。

第六章 通衢大道

缅甸总统府2018年12月7日发布通告，宣布成立实施"一带一路"指导委员会，国务资政昂山素季任主任，为此美国外交学者网站发出感慨说，中缅经济走廊是一个大胆的举措，这将使中国和缅甸在其关系史上达到前所未有的近距离接触，远远超出贸易和基础设施建设本身……缅甸开始迅速拥抱"一带一路"。所以，面对这样的机会，面对这样的形势，中缅管道项目有哪些经验在将来的一带一路项目建设过程中可以借鉴，又有哪些风险可以规避。

缅甸，这是一个金色的国度，金碧辉煌的佛寺佛塔是人们心中的圣地。清晨一队一队披着红色袈裟的和尚和一队一队披着粉色袈裟的尼姑捧着褐色的化缘钵子是城市一道靓丽的风景。乐善好施是缅甸人骨子里的秉性，遵守戒规、礼佛积

仰光街景

德、布施持戒是他们最重要的生活内容和传统习惯。在缅甸人自家大门口，或在公园、佛塔等场所，总是放有盛满清水的水罐和水杯，供过路人饮用；不计其数的佛塔和数不清的寺庙是用人们的善款修建的；就连市内公共汽车的凉棚、公园里供游人小憩的亭子和石凳也都是大家捐钱修起来的，刻在上面的名字似乎在昭示着施主的善德。缅甸人一生最大的愿望是捐钱修佛塔，他们一生舍不得吃舍不得穿，临死时也要把全部积蓄捐献出来修一座佛塔才算了却心愿。施舍是人们心甘情愿的奉献、化缘是僧侣心安理得的索取，这不是市场经济、这不是等价交换。缅甸也是一个贫穷的国度，大部分人没有富足概念，在我们刚刚进入缅甸的时候，大部分人没有见过手机，一张手机卡需要3000美元，而当地人的工资大约是四五十美元，广袤的农村没有水、没有电。当我们踏上马德岛的时候，我们甚至感到震惊，这座有着千年历史的岛屿，就像1995年江泽民主席在陕西商洛农村看到的一样，岛上数千居民就是靠岛上仅有的几个雨水窖做饭、维持生计。缅甸又是一个季节分明的国家，半年不下雨、一场雨下半年，当旱季快要结束的时候，水窖里只剩下浑浊的水底，洁净的淡水居然也是一种奢侈品……所以，我们进入缅甸要做的第一件事情就是"布施"，我们成立了专门的"社会经济援助"办公室。我们建学校、建医院，我们建电塔、拉电线，我们打水井、修公路，我们捐书、捐文具、捐课桌，我们捐医疗设备、捐药品……到2016年底，我们完成公益援助项目118项，零星捐赠41项，总的捐助资金超过了2400万美元，在2015年7月洪灾中，我们第一时间伸出援助之手，向管道沿线若开邦、马圭省、曼德勒省、掸邦捐助 10 万美元，用于紧急救灾物资购买及灾后重建。2010 年泼水节前，我们将水管道修到了马德岛的每一个村落，村民把家中所有能够拿来盛水的容器都拿出来接水，他们唯恐水龙头不出水了……这是一个欢乐的泼水节，第一次清澈透亮的自来水珠洒在脸上、泼在身上，那是吉祥的水、是快乐的水、是幸福的水，千年的水窖已经留给了记忆、水底的浑浊已经走过了他的历程……

　　缅甸也是一个地缘政治复杂的国家。随着美国重返亚太战略的实施、俄罗斯经济动荡和地缘战略的调整、伊斯兰极端宗教势力与东方文明和基督教文明的冲突加剧，使得这个位于东南亚与南亚的交汇地带、介于中国与印度两大战略力量之间的国家成为美国、俄罗斯、日本和印度等大国地缘博弈的前沿阵地。2010 年 6 月 3 日，缅甸内比都注定要成为全球的焦点，中国总理温家宝在这一天开始了对缅甸的访问，美国之音说，"温家宝的出访正处于中缅关系转变之时……这是自 1994 年以来中国总理首次访问缅甸"；德国之声说："这是 16 年来首位访问缅甸的中国总理，温家宝同缅甸军政府领导人丹瑞大将在首都内比都举行会晤……与此同时，美国民主党参议员韦伯临时取消了原定于周四前往缅甸的计划"……西方媒体在关注中缅两国的政治走向，若隐若现地勾画了缅甸政治博弈的烽火硝烟，但是中国媒体的视觉都集中在中缅两国的经济合作上，《光明日报》、中央电视台等中国主流媒体异口同声地说，"在中缅两国总理见证下，莱比塘铜矿项目产品分成合同正式签署……中国国务院总理温家宝和缅甸联邦政府总理登盛，共同触摸标志中缅油气管道开工的电子球，中缅石油天然气管道工程正式开工……"。这一年中缅两国合作的三大项目，中缅油气管道项目、莱比塘铜矿项目和密松水电站项目，同时进入公众视野、成为媒体关注的焦点，硝烟开始弥漫……莱比塘铜矿项目，年产量10万吨，每年将给缅甸提供收益的16.8%，2012年3月20日项目举行奠基仪式，同年6月4日项目全面停工，8月28日铜矿采剥作业设备开始撤回莱比塘铜矿，9月9日铜矿项目在历经停工三个月又全面复工，11月当地居民再次针对铜矿项目进行大规模抗议……是什么原因让这个能够给缅甸经济带来巨大收益的项目反反复复？密松水电站项目，发电装机容量为600万千瓦，年发电量294亿千瓦·时，投资36亿美元，缅甸将获得540亿美元的直接经济收益，2009年12月20日签署合资协议，2011年9月30日在没有通知中国政府的情况下，缅甸总统吴登盛突然单方面宣布在本届政府任内搁置兴建密松水电站项目，2014年3月15日缅甸全国32个民间组织与克钦邦当地组织一同举行示威，要求永久停建……又是什么原因让这个能够给缅甸经济带来巨大收益的项目被打入冷宫？

　　似乎所有的游行示威后面都有非政府组织的支持或者支撑，到2012年缅甸有国内非政府组织278个，国际非政府组织53个，这些组织涉及扶贫、教育、卫生、农业、环保、人权、民主很多领域，在这些纷杂的组织中，我们不知道哪个组织是真的来帮助缅甸人民、改善人民生活的？哪个组织是来为难缅甸政府、改变政治生态环境的？哪个组织又是专门针对中国、挑战中国进入印度洋的？在美国国会图书馆里有一本书，是 F. William Engdahl 写的，《全面主宰——新世界秩序中的极端主义民主》，其中有一章是专门描写美国如何通过缅甸来影响中国，美国对中国采取的方法完全不同于对付经济落后、军事强大的俄罗斯，用一种所谓非暴力的"软实力"来改变缅甸的政治生态，目标非常清楚就是针对北京地区安全的、当然包括能源安全，这个非暴力的"软实力"就是非政府组织，华盛顿通过包括国家民主基金会在内的四个美国非政府组织共同发力，挑起了缅甸的藏红花革命，CNN 在 2007 年 9 月不经意提到了缅甸藏红花革命游行示威背后的国家民主基金会，让全世界知道了美国是缅甸藏红花革命的后台，他们花费大量的资金，从众多的缅甸国内非政府组织中挑选活跃分子、培养反对派领袖，在 2003 年一年的时间里至少花费了 250 万美元。所以，当维基解密网解密密松水电站搁置事件时说，在仰光的美国大使馆资助反对密松水电站活动分子，还说 2011 年 7 月，美国政府从后台走到了前台，安排大使馆工作人员在泰国清迈召开会议，策反密松水电站……所有这一切，我一点没有感觉到奇怪，这是地缘政治的博弈，是美国重返亚太的布局，我感觉到奇怪的是，无论是密松水电站还是莱比塘铜矿项目，为什么被贴上了中资企业的标志，成为这些非政府组织攻击中国的靶子。尤其是在莱比塘铜矿项目游行示威的现场，居然有人喊出了"中国人滚回去"的口号……我们一起来看看这两个项目的股权结构：莱比塘铜矿项目，缅甸经控公司占 51%，中国万宝公司占49%……万宝公司投资9.97亿美元，除了缅甸只有中国公司在里面，资金全部来自中国；密松水电站项目，中国电力投资公司占80%的股份，缅甸电力一部占15%的股份，缅甸亚洲公司占5%的股份，资金也是全部来自中国，所以，我们把缅甸项目当成了中国项目在做，钱是中国的、做事的人也是中国的、技术是中国的、连环保标准都是中国的，好像我们是在自己的国土上做项目，我们自己给自己贴上了"中国"的标签。与这两个项目不同，中缅天然气管道在股权结构安排上，采取了六方四国的结构，中国（中国石油）占股50.9%、缅甸（缅甸油气）占股7.4%、韩国（韩国大宇和韩国燃气）占股29.2%、印度（印度石油和印度燃气）占股12.5%。虽然，原油管道只有中缅两方，中国石油占股50.9%、缅甸油气占股49.1%，但是原油管道很多公用资产采取了与天然气管道分摊的原则，比如控制中心、管道同沟敷设等，使得天然气管道与原油管道天然地绑在了一起，形成不可分割的利益共同体。中缅管道因为有韩国人、有印度人，所以，美国不能把它当成单一的中资项目来对待，尽管它是中国的能源战略通道，持不同政见的反对者也不能喊"中国人滚回去"的口号，因为我们项目里有韩国人、有印度人，所以，我个人认为规避政治风险的最佳方式就是多国股权，形成一个更大的利益共同体，中国有句老话，一根筷子容易折断，一把筷子就不容易被折断，我们通过多国股权的方式把贴在自己身上的中国标签去掉，让重返亚太的美国找不到借口来攻击我们。其实，从石油发展的历史上看，多国股权就是为规避政治风险而诞生的，在20世纪初叶，伊拉克的费萨尔战争期间，伦敦曾鼓励麦加的行政长官侯赛因领导阿拉伯人起来反对土耳其。1916年在少数英国人的帮助下他照办了。作为交换，侯赛因和他的几个儿子被安置为土耳其帝国以阿拉伯人为主的地区的统治者。侯赛因的第三个儿子费萨尔最能干，战争期间就受到英国人的赏识，说他是"一位确实的好人"，是指挥战地起义的理想人物。英国人把费萨尔扶上新建立的叙利亚的王位，这是从瓦解的奥斯曼帝国分离出来的独立国家之一。但是，几个月后，根据战后谅解备忘录叙利亚的控制权转移到法国手中，费萨尔立即被废黜，从大马士革被赶了出来。但是他的国王生涯并没有结束。英国人需要为一个新的伊拉克物色一位君主，这个国家是由原先土耳其帝国三个省组成的。为了石油和保卫波斯湾以及维护从英国到印度、新加坡、澳大利亚的英帝国的空中通道，英国人需要这个地区政治稳定，但又不想直接统治这个地区，因为代价太大。当时的殖民大臣丘吉尔宁愿要一个由立宪君主统治的阿拉伯政府，它可以得到由国际联盟赋予委任统治权的英国的"支持"，这样英国需要付的代价就低廉得多。所以英国人选中了失业的费萨尔作候选人，把他从流亡中召回，把他扶到伊拉克国王的宝座。原先预定为伊拉克国王的费萨尔的兄弟阿卜杜拉被安置为由英国人命名的约旦酋长国的国王，这个国家实际上只是一块空地而已。即便是这样，在与伊拉克政府签署红线协议的时候，壳牌公司相信，这个不安定的地区随时都会发生政治纠纷，政治风险依然存在，如果让美国参与进来，石油公司的力量会更强大，其他的股东也建议在争

取石油开采权方面让美国人"进来"比"不进来"要好。最后皇家荷兰/壳牌公司、英波公司和法国人各得23.75%的股权，代表美国公司利益的近东开发公司也占23.75%。

当然，中缅管道能顺利推进、成功建成投运，还有很多的因素，但是社会经济援助是连接我们和当地人民的纽带，是我们融入当地文化的一种方式；多国股权形成的命运共同体，让多个国家站在一条战线上，对共同面对地区政治风险、规避政治博弈确实起到了相当大的作用。

参 考 文 献

[1] 黎霞.中国远征军入缅抗战记[OL].http://www.archives.sh.cn/dabl/jsgc/201505/t20150529_42252.html.

[2] 范宏伟.日本、中国与缅甸关系比较研究[J].吉林大学社会科学学报，2012，52（3）：55-62.

[3] 林锡星.揭开缅甸神秘的面纱[M].广州：广东人民出版社，2006.

[4] 曾培炎.西部大开发决策回顾[M].北京：中央党史出版社，2023.

[5] 张勇，张伟明.云南积极推动建设三条中缅国际铁路[OL].http://www.xinhuanet.com/politics/2016-08/26/c_129255384.htm.2016-8-26.

[6] 杨跃萍.云南通往东盟国家的国际公路大通道已初具雏形[OL].http://www.gov.cn/jrzg/2010-01/04/content_1502550.htm.2010-1-4.

[7] 张历历.中国全力从利比亚大撤侨分析[J].当代世界，2011（4）：21-23.

后 记

从 2007 年 2 月 12 日我的第一次缅甸之行开始，就注定我与中缅管道不舍的缘分。12 年的风雨历程，不仅仅是我个人挥之不去的记忆，也是无数建设者们和运营管理者们共同奋斗的结晶。四国六方的投资，铸就了一种历史的责任与使命，让我们不懈地努力；四国六方的投资，构建了复杂的商务模式，让我们在共同的利益中寻求平衡。特别感谢洪亮大使在《原油管道运输协议》谈判过程中做出的努力与贡献。

感谢石油工业出版社何莉女士和章卫兵先生邀请我撰写这本书，感谢张国宝主任给我的鼓励，让我有勇气用笨拙的笔墨去记录这段经历，也感谢张国宝主任的细心指导、纠正本书中的每一处错误，感谢李自林先生一直以来的关心、支持和帮助，尤其要感谢李自林先生在某些问题上的观察与洞见，感谢赵桂英女士一直以来的启迪和不懈的支持，感谢金鑫锐女士和王强、张哲、蔡哲、惠喜强、叶德伦五位先生为本书提供的第一手资料，感谢王延辉先生提供的照片，感谢梁筱筱对本书的文字校对，感谢何莉女士在编辑过程中的细心和周到的考虑，感谢石油工业出版社其他人员在本书的编辑过程中的巨大努力。

因为写作的连贯性和我工作的局限性，本书中呈现的人和事仅仅是中缅管道这个宏大工程的极小部分。

向中缅管道的建设者和运营管理者致敬！